LES CHEMINS DU POSSIBLE

DU MÊME AUTEUR

Kant tu ne sais plus quoi faire... il reste la philo, Flammarion | Versilio, 2018 ; J'ai lu, 2019.

Descartes pour les jours de doute, Flammarion | Versilio, 2019 ; J'ai lu, 2020.

Le Voyage de Pénélope, Flammarion | Versilio, 2020 ; J'ai lu, 2021.

Une année de philosophie, Flammarion | Versilio, 2022.

MARIE ROBERT

LES CHEMINS DU POSSIBLE

ROMAN

J'AI LU

À nos naissances...

L'écriture d'un livre est un voyage qui durera de nombreux jours. Il comportera, comme tout voyage, son lot de découvertes, d'égarements, de pensées découragées et de nuits de mauvais sommeil. Le contact intérieur avec vous-même et les personnages qui vous accompagneront au long de cette route résultent de la fusion des personnes que vous avez connues de près avec celles qui sont passées devant vous avant de disparaître de votre vie ; certains êtres fondateurs de votre âme ne sont pas apparus naguère comme il se doit à cause du trouble qui régnait, et ont sombré dans le ravin de l'oubli, mais il faut rester confiant : si la chance vous sourit, les lacunes seront comblées et votre monde s'élargira.

Aharon APPELFELD, *Mon père et ma mère.*

Fuir, ce n'est pas du tout renoncer aux actions, rien n'est plus actif qu'une fuite. C'est le contraire de l'imaginaire. C'est aussi bien faire fuir, pas forcément les autres, mais faire fuir quelque chose, faire fuir un système comme on crève un tuyau... Fuir, c'est tracer une ligne, des lignes, toute une cartographie.

Gilles DELEUZE, *Dialogues.*

Prologue

5 h 22. La lumière se rallume brusquement dans la cabine. D'un pas vif, l'hôtesse remonte l'allée, tandis que j'essaie de déplier mon cou engourdi. J'ai beau voyager souvent, je ne parviens jamais à trouver une bonne position de sommeil pendant le vol. Je passe mon temps à faire des tentatives et à évaluer leur confort. La tête enfouie entre mes bras posés sur la tablette, les cervicales maintenues par un coussin, ou la tempe en appui contre le hublot, j'oscille entre des possibles, espérant chaque fois trouver une place qui m'offrira quelques instants de repos. En vain. Le sol se rapproche, il est temps de se préparer à l'atterrissage. Je rassemble mes affaires, je remonte mon siège, et je profite des dernières minutes pour imaginer l'ailleurs qui m'attend.

Il faut y aller, je n'ai pas le choix. Je me lève, me dirige vers le couloir, et je suis les autres passagers jusqu'au tapis à bagages.

Nous restons tous debout, hagards, à l'affût de son déclenchement. L'attente me semble interminable. Je n'aime pas ces moments d'entre-deux, ni les lieux de transition. Je masse mes épaules congestionnées, je rallume mon téléphone. Et puis, le signal finit par retentir, le roulement s'enclenche. Alors, les unes après les autres, les valises défilent. Toutes différentes. Certaines sont petites, immenses, cabossées, sanglées, tandis que d'autres sont en résine, en plastique, en tissu, ou même renforcées de métal. C'est drôle d'imaginer toutes les vies qui paradent sur ce tapis. Qu'est-ce qui se cache derrière les parois ? Combien de souvenirs, de secrets, de passions, de rires, de deuils, de mensonges, de désirs ? Combien de rêves de gloire, de courses vaines, de complexes entêtants, de familles dysfonctionnelles ? Combien de sous-vêtements, de chaussures de sport, de crèmes hydratantes, de chargeurs d'ordinateurs ? Je les regarde passer devant moi. J'hésite, je n'ose pas tendre ma main, c'est comme si je ne savais plus laquelle saisir.

Je m'appelle Pénélope, j'ai trente-cinq ans, et j'aimerais savoir quelle vie je dois mettre dans ma valise.

Une question d'allure

Boston, mois de janvier

« La seule obligation qui m'incombe est de faire tout le temps ce que j'estime juste. »

Henry David THOREAU

— Pardonnez-moi, mais il me semble que j'étais devant vous.

— Ah ? Vous êtes sûre ?

— Certaine. J'étais juste accroupie pour remettre mon passeport dans mon sac, et vous êtes passés devant moi avec votre femme. Je suis désolée d'insister, mais j'ai un rendez-vous dans deux heures, et entre les embouteillages du matin, ma douche à prendre et mes papiers à trier, je ne suis pas certaine d'y arriver. J'ai déjà mis beaucoup trop de temps pour récupérer mes bagages. Je suis très juste alors que c'est un rendez-vous vraiment important. Enfin, sinon, franchement, je vous aurais laissés monter avant moi.

L'homme s'incline, plutôt gêné. Celle que j'ai supposé être sa femme me contemple de la tête aux pieds. Ni l'un ni l'autre ne s'attendaient à des explications aussi détaillées pour une simple histoire de file d'attente. Mais au moins, mon monologue aura été efficace. À chaque arrivée dans une ville, c'est pareil, même fatigué par le trajet, tout le monde s'agite. Il faut soit jouer des coudes pour prendre un taxi, soit ruser pour être le premier à la borne distribuant des titres de transport. Il y a toujours une urgence de l'arrivée, comme si le périple n'était qu'un passage, un corridor duquel il fallait sortir, pour enfin parvenir quelque part. Lorsqu'il y a cinq ans j'ai décidé de faire du voyage mon nouveau métier, je ne me rendais pas compte à quel point j'allais devoir m'adapter à cette vie sans réel point d'ancrage.

Il faut dire que le voyage permet d'explorer une somme infinie de devenirs. Dans chaque lieu, un possible s'ouvre à nous, on se confronte à une autre langue, à un autre climat, à une autre façon de s'habiller, de se déplacer, de se comporter. Le plus difficile est de savoir quel devenir est le nôtre, et si plusieurs devenirs peuvent cohabiter sans incohérence. Est-ce que je peux me sentir autant à ma place en ballerines dans les rues de Rome qu'en chapka à Moscou ? Est-ce que j'ai l'obligation de choisir entre les deux ? Où va ma préférence ? C'est exactement comme pour la valise : pour assumer pleinement un devenir, il faut être certain des habits que l'on souhaite porter.

Je donne l'adresse au chauffeur, il soupire à l'idée que je l'éloigne du centre-ville. Il balance mes bagages dans le coffre, tandis que je m'installe à l'arrière, en essayant de ne pas me concentrer sur mon probable retard. Je n'aime pas les vols de nuit, mais j'adore les couleurs des villes au petit matin. J'observe toutes les nuances de l'aube nautique, que les Grecs appelaient le point du jour, cet instant même où la nuit décide d'être aurore. On s'éloigne de l'aéroport par l'Interstate 90, la plus longue autoroute des États-Unis. Elle relie Boston à Seattle, traversant le pays d'est en ouest sur plus de 5 000 kilomètres, autant dire l'infini. Mon trajet est bien plus court, il n'y en a qu'une cinquantaine jusqu'à Concord. Il commence par un long tunnel, qui nous fait ensuite ressortir directement dans Boston. J'aperçois quelques gratte-ciel accompagnés de rares immeubles en briques rouges, puis la route s'enfonce de nouveau sous terre, m'empêchant de distinguer ce qu'il se passe sur les trottoirs. Ce n'est pas grave, j'irai découvrir les différents quartiers dans la semaine. Plus on avance, plus la circulation devient dense. Le véhicule est quasiment à l'arrêt.

Le mouvement des roues me fait somnoler, ma tête est lourde, elle penche d'avant en arrière, sans ménager mon cou, déjà endolori. Il faut que je réussisse à me tenir éveillée, à m'engager dans la journée. Je bois une grande gorgée d'eau et saisis mon téléphone. Je glisse ma puce américaine à la place de la française. À part quelques très proches amis, le numéro ne me sert qu'à caler des détails pratiques. Je ne m'attends pas vraiment à avoir de messages en le rallumant, et pourtant, il se met immédiatement à vibrer, indiquant que j'ai un nouveau sms : « Wow, Péné ! Félicitations, je suis tellement heureuse pour toi ! C'est incroyable ! »

Je ne sais pas ce qui m'agace le plus, le surnom ou les félicitations. Le surnom, parce qu'il donne l'illusion d'une familiarité, sans avoir la tendresse des pseudonymes, ceux que l'on invente dans l'intimité des souvenirs. Les félicitations parce que, au fond, elles ne m'appartiennent pas. Pourquoi me féliciter pour quelque chose dont je ne suis pas l'auteur, pour quelque chose qui simplement m'arrive ? C'est au seuil de la vie qu'il faudrait nous féliciter.

Il y a deux semaines, lorsque j'ai annoncé que je me mariais, j'espérais que la nouvelle passe le plus inaperçu possible, qu'elle soit aussi insignifiante qu'un échange du quotidien. Mais à la place, j'ai reçu une avalanche de commentaires, de fleurs, d'émotions, comme si j'avais gagné un grand prix, ou enfin atteint un but qui paraissait inaccessible. C'est drôle, les ruptures et les mariages ont ceci de similaire qu'on se retrouve soudain au centre, en prise avec les projections des autres, en corps à corps avec un vécu qui n'a rien à voir avec nous. Il faut accueillir les réactions, entendre des récits plus ou moins heureux, faire face aux avis, et se tenir prêt à affronter l'aigreur de ceux qui ne sont pas parvenus à respecter leurs vœux. Les unions et les désunions viennent alimenter nos discussions en mal de narration.

C'est ainsi qu'en quelques mots, la plupart du temps délivrés par texto, je me suis retrouvée sur le devant de la scène, héroïne de comédie romantique, soudain plus intéressante qu'une voyageuse philosophe. Des copines d'enfance se sont mises à m'envoyer des mails pour me témoigner leur enthousiasme, et d'anciens collègues à me flatter, espérant être invités aux festivités. Même ma famille, pourtant habituée à mes réactions, a commencé à développer un comportement insensé. Je crois qu'au fond mon mariage est pour eux l'occasion de se rattacher à une normalité, de s'accrocher à un moment qui traverse la vie d'un nombre infini de personnes. C'est aussi l'opportunité d'inscrire un événement sur un registre officiel, une de nos seules traces face au vertige de l'histoire. Pour eux, cela justifie sans doute qu'on laisse la porte ouverte à tous les clichés. Ma cousine Cécile m'envoie des idées de robes et des tendances de coiffure. Mon père loue ma sagesse, autant qu'il affiche son soulagement, tandis que ma mère croise mille calendriers afin d'envisager une date idéale. Et voilà maintenant ma collègue Katie qui rejoint le bal des applaudissements. Je range vite mon téléphone, la laissant s'extasier sans moi, et préférant penser au déroulé de ma journée.

— Monsieur ?

— Oui ?

— Je peux vous demander quelle est l'heure d'arrivée indiquée sur votre GPS ?

— Je n'ai pas de GPS, je connais la route, c'est tout droit jusqu'au panneau.

— Je vous fais confiance, mais j'aimerais quand même savoir l'heure pour être sûre de ne pas être en retard.

— Ça changerait quoi ? Ça ne ferait pas avancer plus vite…

Son anglais est incertain, je crois deviner un accent d'Amérique du Sud, mais je ne parviens pas à deviner le pays ; la seule chose que j'entends, c'est que je l'exaspère, autant que m'a exaspéré le texto de Katie. Spirale infernale de l'agacement. Il me perçoit comme une touriste capricieuse et impatiente. Sans doute n'a-t-il pas tort. Je dois réussir à changer mon état d'esprit. J'hésite à discuter avec lui, peut-être va-t-il me trouver encore plus pénible.

— Vous êtes de la région ?

Je me fais honte. Parmi toutes les questions banales que j'aurais pu poser, celle-ci est une des plus ridicules.

— Non, mais ça ne m'empêche pas de connaître la route.

Je sens qu'on ne va pas aller très loin comme ça. Je dois trouver un moyen de le faire changer d'humeur.

— Eh bien, moi, c'est la première fois que je viens ici. J'organise des voyages culturels pour adultes et adolescents, des voyages qui n'ont pas pour but de cocher des cases ou de faire des photos Instagram, mais plutôt d'apprendre des choses, de comprendre ce qu'il s'est passé dans certains lieux et pourquoi ces endroits sont importants pour le reste du monde. J'essaie de créer des passerelles entre les villes, les gens, les époques, et de donner du sens aux déplacements. C'est un peu compliqué parce que ça demande de réussir pleins d'étapes. D'abord, il faut repérer les lieux, les connaître parfaitement, ensuite, il faut trouver des relais sur place, des contacts qui soient en mesure de guider, de raconter, de donner goût à la réflexion. Après, il faut gérer des tas de trucs logistiques, mais ça, ce n'est pas mon fort, c'est plutôt le rôle de mon associée. Ça fait presque cinq ans qu'on fait ça, et en cherchant de nouvelles destinations, on s'est dit que Concord c'était une bonne idée. Vous savez pourquoi ?

Il ne répond pas vraiment et se contente d'un vague murmure. Je prends ça pour un « non » et me dis qu'il attend la suite.

— Eh bah voilà, c'est bien ça, le problème, personne ne connaît Concord. Pourtant, un célèbre philosophe du XIXe siècle y est né, Henry David Thoreau ! Il y a passé toute sa vie et…

— Madame ?

— Oui ?

— On arrive dans trois minutes.

Il a l'air de se moquer royalement de ce que je raconte. Je constate tout de même que son ton a changé, ou peut-être est-il juste heureux de se débarrasser de moi. Je descends de la voiture, il dépose mes bagages devant la porte de l'hôtel Concord's Colonial Hill sur Monument Street. Je sais que je suis en retard, mais j'ai quand même envie de lui donner quelque chose. Après avoir réglé la course, je fouille dans mon sac et je lui tends mon exemplaire en anglais de *Walden ou la Vie dans les bois* de Thoreau.

— Merci, mais je l'ai déjà. Je parle mal l'anglais mais je le lis bien. Avec ma femme, on allait souvent se promener au bord du lac de Walden. C'est magnifique. Mais j'espère que vous avez d'autres chaussures parce que, avec la neige, vous allez avoir sacrément froid.

C'est à mon tour de me taire. Le vent glacial de janvier balaie mon visage, mon nez se met instantanément à couler. Cette fois, je suis réveillée pour de bon. Je regarde mes baskets en toile, qui symbolisent si bien ma bêtise. Je n'ai pas le temps de m'appesantir plus longtemps, je dois filer à la réception. Le Concord's Colonial Hill affiche fièrement sa date de construction – 1716 –, et les drapeaux étoilés, accrochés sur tous les murs, rappellent que nous sommes sur une terre de patriotes. Le jeune homme à l'accueil est affable. Pendant que je remplis quelques papiers, il raconte l'histoire du bâtiment comme s'il récitait une poésie.

— En 1775, l'un des pavillons d'origine a été utilisé comme entrepôt d'armes pendant la guerre d'Indépendance. Lorsque les Britanniques sont venus saisir et détruire les approvisionnements, les Minutemen, ces colons britanniques qui se rebellèrent contre la Couronne, les ont rencontrés au pont Nord, le 19 avril, menant ainsi la première bataille de la Révolution américaine. L'événement est commémoré chaque année en avril par un défilé. De 1835 à 1837, Henry David Thoreau a résidé avec nous pendant qu'il fréquentait Harvard, et au milieu du XIXe siècle nous sommes devenus une pension de famille, nommée la maison Thoreau en l'honneur des tantes de Henry…

— Je suis désolée de vous couper, ça a l'air génial tout ça, mais je dois vraiment prendre une douche avant mon rendez-vous.

Je saisis les clés de la chambre et montre les escaliers pour me précipiter à l'intérieur. Le lit à baldaquin et la moquette verte portent eux aussi les stigmates du passé. Le temps presse, je dois rejoindre le contact que Katie m'a trouvé, une jeune femme supposée me faire faire le tour du lac et me plonger dans l'univers de Thoreau. Je viens tout juste de me déshabiller, et mon téléphone sonne trois fois de suite. C'est évidemment Théana.

— Allô ? C'est bon, t'y es ? J'espère que la fille est bien parce qu'on a un groupe de trente personnes intéressées et je ne veux pas les louper vu que c'est déjà pas simple en ce moment. Sinon, c'est toi qui devras t'occuper d'eux, remarque c'est peut-être mieux… non ? Pénélope ? T'es là ? Pourquoi j'entends de l'eau ?

Elle raccroche. Théana ne sait pas vivre autrement qu'en mettant des enjeux dans chaque seconde du quotidien. Elle est ma collègue, et surtout, mon amie, mais avec elle, tout est question de vie ou de mort, de course après les jours. Il faut du drame pour flirter avec l'intensité, et pour avoir le souffle court, il faut ressentir le sang palpiter dans nos veines. Au début, je crois que cela me paniquait, mais désormais, je l'accueille avec tendresse, et quand c'est trop, libre à moi de poser le téléphone sur la tablette de la salle de bains.

Sous la douche brûlante, je m'autorise enfin à relâcher la tension accumulée ces deux dernières semaines. Dans mon esprit, résonnent les mêmes questions, sans aucun répit. Dans quoi est-ce que je m'engage ? À quoi ai-je décidé de donner naissance en acceptant ce mariage ? Pourquoi suis-je ici ? Est-ce que je fais ce que j'aime ? Comment savoir ce qui est juste en amour, comme dans le reste de la vie ? J'oublie l'avion, le chauffeur de taxi, mon rendez-vous, Katie, Théana. Je laisse l'eau s'infiltrer dans mon crâne, inonder ma colonne. Je veux, comme elle, glisser sur les jours. Mais plus j'avance et plus il y a d'aspérités. Les hésitations s'accrochent à ma peau. Depuis cinq ans, je tiens un journal. Je ne raconte pas une histoire, mais j'observe, j'accumule des mots, je regarde comment se dessine le présent, et si par hasard le destin a bien voulu m'envoyer un signe. Certains jours, j'ai confiance, je saisis quelle ligne suivre, d'autres fois je suis incapable de faire quoi que ce soit. L'eau a du mal à s'évacuer, et la baignoire, transformée en bain de pieds, me rappelle au moment présent.

Je me sèche et m'habille chaudement en pensant au chauffeur de taxi. La jeune femme avec qui j'ai rendez-vous m'attend déjà dans le hall ; je crois avoir noté qu'elle s'appelle Rachel. Elle se tient de dos, avec une élégante parka bordeaux et un bonnet à pompons assorti. Entendant mes pas dans l'escalier, elle se retourne, me sourit et soudain, tous les fantômes du Concord's Colonial Hill se mettent à danser autour d'elle.

— Bonjour, je suis Rachel Berkowitz, et je vous souhaite la bienvenue à Concord !

Sa voix est chaude, ample, elle suffit à transformer une poignée de main en une étreinte. Ses longs cheveux noirs dépassent de chaque côté de son bonnet, faisant ressortir la blancheur de son visage. Rachel Berkowitz ne cherche pas à se transformer en eau, elle est déjà une fontaine de joie.

— Vous êtes bien couverte ! C'est formidable ! Les hivers à Concord sont très froids, pires qu'à New York. Alors imaginez ce qu'a subi notre cher Henry David Thoreau dans sa cabane ! Mais allons-y, je ne vais pas tout vous dévoiler maintenant. D'ailleurs, je peux vous tutoyer ? Je sais que les Français adorent le vouvoiement, mais ici, ma chère, c'est l'Amérique ! En route !

Elle m'attrape par le bras avec la même évidence qu'une amie d'enfance. Elle contourne le parking et les statues de patriotes. Et nous voici en plein milieu de la rue, des maisons s'alignent, en retrait des pelouses figées par le froid. Un terre-plein central sépare les deux côtés de l'allée et participe à cette vision d'une Amérique proprette, soignée et paisible. Des guirlandes de Noël viennent encore illuminer les façades. J'essaie d'oublier le froid, et d'entendre l'histoire qui se joue ici, de connecter mon esprit à celui des hommes et des femmes du XIXe siècle. Sans préambule, Rachel commence son exposé.

— Regarde ! Regarde bien ! C'est ici que tout commence. Dans cette petite ville étriquée et fière, devant les fenêtres de ces habitations où tout se dit, où tout se voit, où tout se répète. Tiens, viens là, avance un peu avec moi, tu aperçois la maison sur notre gauche ?

— Celle avec les briques ? Oui.

— Je suis prête à parier que, dans moins d'une minute, le rideau va bouger, et que Bettie Windshow va jeter un petit coup d'œil dans notre direction. Tu paries quoi ?

— Une gaufre et un thé brûlant.

— Ne t'inquiète pas, on fera une pause tout à l'heure, mais d'abord, observe. Et voilà ! Tu as vu ? Le rideau a bougé ! C'est comme ça chaque fois ! Ça m'amuse tellement !

— D'accord, mais quel rapport entre la curiosité de Bettie Windshow et Henry David Thoreau ?

— Eh bien justement, tout. Si tu veux prendre la mesure de sa philosophie, tu dois en retracer la genèse. Thoreau est né ici, en 1817. Avec sa famille, ils vont très vite repartir à Boston, et c'est seulement après ses études qu'il revient à Concord. Imagine un peu le choc ! Thoreau est un esprit libre et indépendant, un type qui n'entre pas dans la norme... Après l'université de Harvard, il se met à écrire des articles, des livres, et à donner des conférences. Et puis il rencontre le philosophe Ralph Waldo Emerson, qui va devenir son grand ami. Grâce à lui, il va découvrir le transcendantalisme.

— Qu'est-ce que c'est ?

— Une sorte de courant à la fois littéraire et philosophique. Les transcendantalistes étaient convaincus de la bonté foncière des êtres humains et de la nature, ils pensaient que les institutions sociales, politiques, religieuses contraignent les individus, les empêchent d'être autonomes, indépendants, et d'éprouver leur liberté simplement. Alors imagine un peu ce que c'était pour Thoreau de vivre à Concord avec les ancêtres de Bettie Windshow prêts à commenter tous ses faits et gestes ! C'était le contraire absolu de ses convictions !

Rachel éclate de rire et un grand nuage de fumée chaude sort de sa bouche. Elle a l'air si heureuse de me raconter ce destin, si satisfaite à l'idée de narguer Bettie Windshow en restant plantée là sur le trottoir, gracieuse et indifférente aux flocons qui commencent à tomber !

— Donc forcément, comme il n'était pas satisfait de sa vie ici, eh bien, il a décidé de faire autrement. C'est comme ça qu'il a eu l'idée de se retirer dans une cabane au bord du lac de Walden pendant deux ans. Incroyable, non ? Au fond, son but n'était pas si fou, il voulait simplement avoir une existence tranquille, frugale, sans subir la société ni abîmer la nature… ni supporter ses voisins ! Une existence qui lui ressemble et qui ne soit pas soumise aux modèles dominants. Tu vois le genre ? Bon, viens, je vais te raccompagner à l'hôtel, tu es épuisée, et dans une heure, il y aura tellement de neige qu'on ne pourra pas profiter de la promenade. Demain, je viens te chercher à 9 heures, OK ? En attendant, repose-toi, parce que Thoreau et moi avons encore tous les secrets de la vie dans les bois à te dévoiler.

En un rien de temps, me voilà de retour sur le palier de ma chambre, comme si Rachel Berkowitz m'avait rembobinée. Je n'ai pas eu l'occasion de réagir, de commenter les choix de Thoreau, de les mettre en miroir des miens, ni même de dire à Rachel combien son énergie était émouvante. Mon urgence de ce matin s'est envolée. Je passe l'après-midi dans un demi-sommeil, affalée sur mon lit à baldaquin, tentant de répondre à des mails et de rédiger une note de synthèse sur un voyage en Angleterre, tant réclamée par Théana. Incapable de manger, je finis par me coucher pour de bon, mais avant, comme chaque soir, je clique sur le dossier « Les chemins » de mon ordinateur pour y écrire quelques notes vagabondes.

*

13 janvier – Concord

Trois ans que Victor est mort aujourd'hui. Je ne sais pas ce que ça représente. Je ne sais toujours pas ce que ces mots veulent dire. Ni pourquoi c'est encore plus insupportable en ce moment. La perspective du mariage réduit mon espace vital, comme si ma joie devait se faire petite, toute petite, espérant ne pas se faire remarquer par nos « plus jamais ». Et si je faisais tout échouer pour ne pas avoir à assumer mon bonheur, pour ne pas avoir à le porter ?

J'ai lu aujourd'hui dans Walden ou la Vie dans les bois *ce passage qui m'a plu : « Je suis parti vivre dans les bois parce que je voulais vivre en toute intentionnalité ; me confronter aux données essentielles de la vie, et voir si je ne pouvais apprendre ce qu'elles avaient à m'enseigner, plutôt que de constater, au moment de mourir, que je n'avais point vécu. »*

Dehors, il neige encore.

La voie du milieu

Boston, mois de février

« Toutes les choses sont occupées
à écrire leur histoire. »
Ralph Waldo EMERSON

— Péné ?
— Arrête avec ce surnom !
— Tu lis quoi ?

Katie n'a aucun scrupule à interrompre ma lecture. Dans son esprit, tenir un livre à la main n'est pas une invitation au silence mais, bien au contraire, un appel au dialogue. Elle se colle à moi et agite ses boucles blondes au-dessus des pages jusqu'à ce que je craque, exactement comme le ferait un jeune chiot ayant besoin d'attention. Il y a beaucoup de choses chez elle qui épuise ma patience. Beaucoup d'attitudes qui viennent flirter avec la pulpe de mes nerfs. Ses bavardages, son enthousiasme surjoué, sa naïveté excessive, ou encore ses cheveux qu'elle recoiffe à longueur de temps. Pourtant, malgré ma liste d'irritations, qui se renouvelle à chaque séjour passé avec elle, je sais combien Katie est exceptionnelle, et pour rien au monde, pas même pour quelques pages lues paisiblement, je ne voudrais changer de partenaire de terrain.

Je me souviens d'avoir perçu ses qualités le jour même où je l'ai rencontrée. Ancienne championne de canoë-kayak avec l'équipe de son université, elle travaillait l'été comme guide touristique sur des circuits d'initiation au rafting, une activité courante lorsqu'on passe des vacances dans le Colorado. Théana, ne pouvant pas en faire à cause de son fauteuil roulant, nous avait poussés, Alexandre et moi, à tenter quelques descentes. Toujours prompts à l'aventure, c'est comme ça qu'on s'était retrouvés en gilets gonflables, dans une coque en plastique jaune, entourés d'une dizaine de participants. Katie menait sa troupe avec maîtrise et légèreté, mélangeant l'assurance d'une hôtesse de l'air à celle d'une cheffe scoute. La randonnée avait commencé doucement : chacun tentait de se familiariser avec les pagaies, l'humeur était enjouée, nos rires se mêlaient aux encouragements de Katie, l'eau éclaboussait les visages. Les frissons dans le ventre faisaient partie de l'attraction et nous nous en réjouissions. Et puis, à la cinquième descente, le courant était devenu plus fort et les rochers plus nombreux. Katie avait redoublé de vigilance et de recommandations, mais un couple s'était mis à paniquer et, propulsés par l'eau, tous deux avaient perdu leurs pagaies. Leurs cris d'effroi faisaient place aux rires. En quelques secondes, ils menaçaient d'être aspirés vers les rochers, et n'avaient plus aucun moyen de reprendre le contrôle. Sans frémir un seul instant, Katie nous ordonna de rester près du bord. Elle rama jusqu'à eux, puis plongea pour attraper leur canoë, avant finalement de l'attacher au sien par une grande corde. Personne n'avait eu le temps d'intégrer ce qui venait de se passer. Nous étions tous stupéfaits de sa vivacité, de sa robustesse et de son aisance. La possibilité du drame était encore en train de nous terrasser, alors que Katie, elle, avait repris le rythme de notre promenade au fil de l'eau, prenant bien soin de refaire sa queue de cheval avant de ramer de nouveau. Revenue à terre, j'avais compris que nous ne pourrions pas trouver meilleure personne pour encadrer nos voyages. Katie Lewis avait l'élégance des capitaines au long cours, et cela valait bien quelques agacements.

— Péné ?

— Arrête !

— Oui, pardon. Je dois t'appeler comment alors ?

— Par mon prénom.

— Bon, OK. Dis, est-ce que tu vas mettre un voile avec ta robe ou alors une couronne de fleurs ?

— Tu ne voulais pas savoir ce que je lisais ?

— Si, mais je veux aussi savoir si tu vas te faire un chignon.

— Je lis *Les Mille et Une Nuits*, tu connais ?

— Un peu, je sais qu'il y a une histoire de génie dedans...

— Oui, tu as raison, mais pas seulement. Je n'en suis qu'au tout début, mais c'est toute la trame qui est géniale. En fait, c'est l'histoire d'un sultan dont l'orgueil est blessé. Comme il a été trompé par son épouse, il prétend que toutes les femmes sont perfides, et il décide chaque jour d'en épouser une qu'il fera exécuter au petit matin de la nuit de noces. Pour éviter le massacre, Shéhérazade, se porte volontaire et met au point un stratagème très habile. Tu vas voir comme c'est malin ! Le soir venu, après la célébration de son mariage, elle raconte une histoire au sultan. Une histoire palpitante qu'elle prend soin de ne pas terminer, mais le récit est si extraordinaire que le sultan veut connaître la suite... Il lui laisse donc la vie sauve pour une journée de plus. Alors, chaque nuit, Shéhérazade s'efforce de finir l'histoire de la veille et, surtout, d'en commencer une autre. Mille et une nuits plus tard, le sultan aime tant ce qu'elle raconte qu'il renonce à son crime ! Par la force du verbe, Shéhérazade a repoussé sa propre mort et celle des autres femmes. L'histoire sauve, car la parole sauve. Ses mots viennent éclairer les silences et repousser la nuit... C'est magnifique non ?

— OK j'ai compris le truc, t'as peur de mourir après ta nuit de noces ? C'est ça ?

Katie éclate de rire, ravie de faire le parallèle entre Shéhérazade et moi. Mais à peine s'est-elle remise de sa blague qu'on frappe à la porte. Le jeune homme de l'accueil l'invite à venir vérifier l'attribution des chambres avant l'arrivée des voyageurs. Ils sont nombreux et il faut s'assurer que tout est en ordre. Katie ne peut résister à cette mission, encore moins au sourire de celui qui la propose. Elle se précipite dans le couloir et me laisse en paix sur mon lit. En fin de journée, nous devrons rejoindre Rachel à l'aéroport et accueillir le groupe, mais pour l'instant, je n'ai personne d'autre à retrouver, hormis Shéhérazade et sa galerie de personnages.

Peut-être qu'au fond Katie a raison. Il y a quelque chose qui me touche dans ce texte, quelque chose qui dépasse le simple plaisir de la lecture. Mais je ne crois pas que ce soit en rapport avec une crainte liée au mariage, en tout cas, pas seulement. Ce que j'admire surtout, c'est l'idée que raconter une histoire ne soit pas un divertissement, une distraction ou un passe-temps, mais plutôt une manière de prendre possession de son monde, d'agir et de continuer à exister. Shéhérazade raconte pour ne pas mourir, pour ne pas disparaître. Sa parole lui permet de traverser ces mille et une nuits, et de survivre. Mais elle lui permet aussi d'arriver jusqu'à moi, jusqu'à cette chambre d'hôtel qui abritait des patriotes et qui soudain se remplit de génies, de sultans, de marins et de rois grecs. C'est lorsqu'on cesse de relater qu'on plonge dans le néant. C'est lorsqu'on arrête de transmettre que tout s'éteint. Et moi, comment vais-je trouver les mots pour raconter tout ça ? Pour continuer à faire exister Victor ? Les coins du livre deviennent flous. Une vague chaude remonte de mon ventre jusqu'à ma tête. Je me laisse surprendre par le sommeil, comme si c'était la seule réponse à offrir à mes interrogations.

— Tu fais la sieste, toi, maintenant ? Bon, les chambres sont toutes OK. Mais il faut que tu descendes, Rachel est en bas, elle aimerait qu'on vérifie le programme une dernière fois. Et il y a aussi Théana qui te cherche partout, et qui, du coup, m'a appelée. Je n'ai pas dit que tu dormais en plein aprèm, j'avais peur qu'elle débarque de Grèce juste pour t'engueuler.

Aucune idée de la durée de mon repos. Depuis mon arrivée à Concord, je ressens une fatigue que je ne parviens pas à expliquer. Un peu gênée d'avoir été surprise dans cet état, je me remets vite debout, essayant de donner le change.

— Ah parfait, j'étais justement en train de finaliser le planning des visites.

Rachel est installée dans le petit salon. Voilà moins de deux semaines que nous avons fait le tour du lac pour la première fois, pourtant j'ai la sensation de l'avoir toujours eue auprès de moi. L'immédiateté de notre complicité nous dispense presque d'une mémoire partagée. Elle représente la guide idéale. Elle ne se promène pas, elle donne corps aux lieux. Elle ne trahit pas l'histoire, elle ouvre une perspective. Elle crée des lignes de fuite dans les rues, comme autant de lignes d'avenir. Lorsque le projet éducatif que nous tentions de bâtir est tombé à l'eau, faute de budget, il a fallu réinventer nos ambitions. Et c'est en imaginant naïvement que la vie regorgeait de profils semblables au sien que nous nous sommes lancées dans cette nouvelle entreprise.

À l'époque, Théana passait de longues journées en centre de rééducation, soit des heures entières à tenter de rester en position assise, ne serait-ce que quelques minutes. Les deux seules choses qui lui permettaient de dépasser la douleur étaient l'amour d'Alexandre et celui de la philosophie, deux piliers qui devaient désormais remplacer ses jambes inertes. Pendant ce temps-là, je continuais à faire le service dans le restaurant de sa mère, Tonia. J'ai animé quelques conférences, dont une mémorable à New York, mais ça n'a pas donné grand-chose. Alors on tenait, tant bien que mal, naviguant à vue, déçues de ne pas avoir pu donner vie à un programme d'ampleur. Et puis, un soir où nos forces commençaient à s'amenuiser, Tonia nous a demandé avec sa candeur habituelle :

— Les petits chéris, pourquoi vous ne faites pas vivre le voyage de Pénélope à d'autres gens ? Tout le monde a envie d'aventure ! Tenez ! Prenez des forces ! J'ai fait un nouveau gâteau !

Nous avons souri sans plus de commentaires. Cependant, dès le lendemain, nous avons commencé à envisager cette curieuse proposition. Athènes, Cordoue, Florence, Amsterdam et Berlin, étaient des villes propices à la découverte, y proposer des séjours philosophiques était une façon de partager, de faire vivre la pensée, de renoncer à la consommation du temps et de l'espace, pour mieux s'imprégner des siècles passés et entendre leurs murmures. Nous voulions construire des itinéraires qui, dans chaque détail, questionneraient cette empreinte, et pour cela il fallait que nous soyons entourés, il fallait que sur place des individus puissent incarner l'histoire.

Je garde de cette période le souvenir de l'intensité, de l'entraide, de soirées entières passées en ligne avec Ambrosio, Manon et Alice, pour dénicher les meilleurs hôtels et les guides les plus passionnés. Théana gérait la logistique à distance, Alexandre la communication, et moi je faisais des allers et retours incessants pour tout mettre en place. Il y avait cette frénésie des prémices, cette ardeur de la débrouille, cette euphorie des premières conquêtes. Tout cela me semble si lointain aujourd'hui !

— Pénélope, super, te voilà ! Écoute, tout est au point de mon côté. Tu veux que je récapitule ?

— Oui, je t'écoute.

— Nous commencerons donc par une immersion dans la ville, comme je l'ai fait avec toi. L'idée, tu l'as comprise, c'est de montrer à tes voyageurs comment Thoreau est passé d'une figure d'homme excentrique et solitaire à une image de pionnier plein de ressources et d'esprit, symbole de la liberté si chère aux États-Unis ! Donc d'abord nous séjournerons au cœur de la ville, puis, les jours suivants, nous camperons au bord du lac de Walden pour expérimenter son mot d'ordre : « Simplifier, simplifier ! » Thoreau était convaincu qu'il fallait rendre nos existences plus frugales et plus sobres. Se promener dans la nature devait suffire à nous rendre heureux.

— Simplifier, OK, mais... on aura du chauffage quand même, j'espère, dans le campement ?

— Oui, Katie, ne t'inquiète pas, je ne perds pas de vue l'importance de soigner les nouveaux venus ! Cependant, il faut malgré tout qu'ils se rendent compte que Thoreau ne fait pas juste un caprice en vivant dans cette cabane. Ce n'est pas du folklore ! Sa démarche exprime un idéal d'indépendance. Il veut montrer qu'on peut vivre sans être aliéné, et pour cela, il faut s'émanciper de la société et parfois... de sa chaleur ! Mais vous savez ce qui est le plus intéressant dans tout cela ?

— Non.

— Moi non plus.

— Eh bien, en fait, c'est que sa résistance n'a pas seulement concerné son mode de vie. Ça allait beaucoup plus loin. Je veux leur raconter que c'est à partir de 1841 que Thoreau a cessé de payer ses impôts, dans l'unique but de protester contre l'esclavagisme. C'est pour cette raison qu'après le passage au lac nous irons à Boston nous plonger dans le contexte politique de cette époque et comprendre comment s'organisaient les sociétés. Avec son ami Emerson, ils voulaient, ni plus ni moins, réhabiliter les institutions ! Son action est un véritable engagement, un appel à la désobéissance civile...

— Attends, ce ne sont pas Gandhi et Luther King, les précurseurs de la désobéissance civile ?

— Pas tout à fait, Pénélope, ils en sont les dignes représentants, mais on oublie souvent que Thoreau en est l'inspirateur ! Pour contester, il n'utilisait aucune violence, il se battait avec des leviers propres à la société dans laquelle il vivait. Il désobéissait ! C'est-à-dire qu'il refusait d'appliquer des règles avec lesquelles il n'était pas d'accord. C'est une vraie philosophie de l'action. Je peux même vous dire qu'à cause de son affaire d'impôts il s'est fait arrêter, avant d'être relâché en 1846. C'est ce genre d'épisode qui va faire de lui une figure de la résistance… Ça va, Pénélope ?

Les yeux de Rachel et de Katie se tournent vers moi, en attente de ma validation. C'est une des choses auxquelles j'ai dû m'habituer lorsque nous avons développé cette entreprise. Il est sans cesse question de prendre des décisions, d'assumer, de donner son accord, comme si l'on devait deviner à l'avance ce qui était bon. Même si j'avais déjà été confrontée à cet aspect de la vie professionnelle dans mon ancien métier, ici, l'enjeu est d'une autre teneur. Car il n'est pas question de traiter un dossier, mais plutôt de trancher, en anticipant le désir des autres. Qu'est-ce que les gens attendent de ces voyages ? Certes, il s'agit de se cultiver, de découvrir, de sortir de ses habitudes, mais est-ce qu'il n'y a pas une envie secrète, une espérance qui nous dépasse ? Peut-on être certain qu'un programme, aussi pertinent soit-il, correspondra à cet élan intime ? Comment ne pas décevoir ? Je me demande si Shéhérazade avait ce genre de peur, si elle craignait parfois de raconter une histoire moins intéressante que la veille. J'aimerais qu'elle puisse témoigner, qu'elle puisse nous dire si, dans la journée, elle était terrifiée à l'idée de lasser le sultan, ou à l'idée de ne pas trouver les mots qui composeraient son récit.

Tandis que Katie s'est éloignée pour discuter avec le réceptionniste, Rachel me dévisage, toujours en souriant. Je repense à tout ce qu'elle veut transmettre. Comme Thoreau, Shéhérazade aussi a dû désobéir. Mais une fois qu'on a désobéi, que faire ? Après la lutte, à quoi donner naissance ? Comment ne pas rester enfermé dans son refus ? Mes idées s'emmêlent.

— Rachel ?

— Oui ?

— Que doit-on faire après avoir désobéi ?

Ses yeux brillent intensément et son sourire continue à inonder la pièce.

— On bâtit un système avec lequel on se sent en harmonie.

Les heures qui suivent hésitent entre calme et impatience. Tout est prêt mais rien n'a commencé. Je n'aime guère cet entre-deux, mais j'en profite pour rappeler Théana, qui déjà ne me parle plus que du prochain voyage que nous devons organiser à Vienne. Notre rythme est si étrange ! Il s'agit d'être ici en pensant à l'ailleurs, de donner vie au passé, en ne vivant qu'au futur. Au fond, j'ai la sensation d'être dans un décalage horaire permanent. Une fois remontée dans ma chambre, je me décide enfin à lire le mail envoyé par Peter, il y a trois jours.

« From : peterjones@gmail.com
To : penelopedessauges@yahoo.fr

Mon amour,

Tu veux une histoire drôle ? C'est l'histoire d'un homme qui demande en mariage la femme de sa vie. La femme dit oui, ils s'embrassent, ils marchent dans les rues de San Francisco, le monde leur appartient. Tous leurs proches sont hyper contents. Ils commencent à préparer leur union, à regarder les lieux, à réfléchir à l'organisation, etc. Mais la femme doit partir à Boston pour son travail et, soudain, elle ne donne plus de nouvelles. Oui, oui, tu as bien lu, plus de nouvelles. Ni au téléphone, ni par mail, ni par texto !

Mais comme l'homme connaît très bien la femme, il décide de patienter jusqu'à ce qu'elle parvienne à dire ce qui la bloque. En attendant, l'homme mange japonais dans un nouveau bar à sushis qu'elle aimerait beaucoup.

C'est marrant, non ? Mais je crois qu'il me manque une chute, ce serait sympa de m'aider.

Je t'aime, Pénélope Dessauges. Je t'aime toi, tes silences, tes crises d'angoisse et tes fuites.

Réponds-moi.

Peter. »

*

Le groupe se tient sagement installé dans le lobby de l'hôtel. Ils ont tous découvert leur chambre et les surprises déposées sur leur lit par Katie : un exemplaire de *Walden ou la Vie dans les bois*, un portrait de Thoreau et Emerson, une carte de Boston, et un document indiquant tout le planning. À chaque nouveau séjour, c'est un écosystème qui se met en place. Certains ont déjà sympathisé dans l'avion en provenance de Paris, d'autres restent avec leurs conjoints, et ceux qui sont venus seuls regardent timidement autour d'eux. Il y a des souvenirs de colonies de vacances qui hantent les couloirs. Ils n'ont pas été inscrits par leurs parents et pourtant, les frémissements sont les mêmes. Quels souvenirs vont se fabriquer durant ces quelques jours en dehors du quotidien ? La vertu du voyage, et de tout ce que nous voulons transmettre, est de mettre en relief le reste de leur existence. Qu'est-ce qui, dans la vie de Thoreau, dans cette cabane humide, dans son engagement, va résonner en eux ? Comme chaque fois, c'est à moi que revient le mot de bienvenue :

— Bonjour, je m'appelle Pénélope et je suis ravie de vous accueillir. Votre odyssée commence ici. Rachel sera votre guide, Katie votre référente. Quant à moi, je serai avec vous pour ouvrir grands les yeux. Vous découvrirez Concord, la pensée de Thoreau, mais aussi Boston. C'est amusant car lorsqu'on voit les gratte-ciel depuis la baie du Massachusetts, on a du mal à imaginer qu'ils cachent l'une des plus anciennes villes des États-Unis ! Fondée en 1630, Boston va très vite s'enrichir, grâce à son port et à ses relations commerciales, mais elle va surtout s'imposer comme la capitale intellectuelle de la Nouvelle-Angleterre, avec en particulier la création de la première école américaine, la Boston Public Latin School, suivie d'une université de théologie, qui va devenir Harvard. Pendant une semaine, nous espérons que cette histoire va un peu devenir la vôtre et que vous l'emmènerez loin, au-delà de l'Atlantique et au-delà de toutes nos limites. Mais pour l'instant, je vous laisse vous reposer un peu. On se retrouve demain à 8 h 30, surtout couvrez-vous bien ! Bonne nuit !

À peine mon mot terminé, mon téléphone sonne. C'est ma cousine Cécile. Il est 5 heures du matin à Paris, mais depuis qu'elle vient d'avoir un bébé avec son nouveau compagnon, c'est son heure favorite pour discuter :

— Alors ça y est ? T'as ton nouveau groupe ?

— Oui, je viens de les saluer, et là, ils vont se coucher.

— Il y a des profils amusants ?

— Je ne sais pas encore, je ne les ai pas vus assez.

— Ben, qu'est-ce qu'il y a, tu n'as pas l'air en forme ?

— Je suis fatiguée depuis dix jours, j'ai la nausée tout le temps. Et puis, tu sais, avec le mariage, le passé me revient…

— Et donc tu as décidé de bouder tous les vivants ?

— Je ne boude pas, c'est juste que je me sens comme en dehors de moi, je n'ai pas envie que, de là où il est, Victor pense que je me fous de lui. Je fais le tour operator aux États-Unis et je planifie une fête, alors qu'il est sous terre dans du bois en décomposition. Ça ne te paraît pas insensé ? Je n'arrivais déjà pas à supporter notre rupture, et là, je devrais être heureuse, exulter de bonheur et comparer des amuse-bouches alors qu'il est mort ? C'est donc ça, la grande histoire de la vie ? On naît, on s'aime, on se sépare, on meurt. Voilà.

— C'est agréable de t'appeler à 5 heures du mat.

— Non mais tu sais, j'ai retourné mille fois le problème dans ma tête, et je n'en sors pas. Je vais étouffer de culpabilité.

— Donc, attends, si je mets à plat tout ce que tu dis, tu comptes renoncer à Peter ? Et rester veuve toute ta vie ?

— Non.

— Alors quoi, Pénélope ? C'est quoi, ton plan ? Tout le monde comprend ta peine, ta colère, ta nostalgie. Peter le premier. Mais le problème, ici, n'est ni Peter, ni Victor, ni qui que ce soit d'autre. Le problème, c'est toi et seulement toi. Si tout remonte à la surface, c'est parce que l'amour te terrifie. C'était déjà le cas avec Victor, c'est encore plus le cas aujourd'hui. Tu veux l'intensité sans le risque. Tu veux la vie sans la mort. Tu veux le sublime sans la tempête. Tu veux l'amour sans le quotidien. Il y a cinq ans, tu as fui pour aller au-devant de toi-même, pour t'émanciper de tes carcans, et, bonne nouvelle, tu as réussi. Mais maintenant, c'est à toi d'inventer l'existence qui te convient. Entretenir la douleur est une autre manière de fuir. Il est temps de faire la paix avec tes fantômes et de trouver ton port… Et surtout, si j'étais toi, j'irais vérifier que ces nausées ne sont pas dues à une grossesse.

*

2 février – Concord

Nous sommes déjà début février. Le mois prochain je serai à Vienne. Où passent nos vies ? Où passe le temps ? Notre existence est-elle une longue descente en canoë-kayak ? À l'approche des rochers, certains parviennent à garder leur pagaie, d'autres paniquent et la perdent. Alors il faut appeler du renfort, se laisser tracter, pour ensuite retrouver le sens de navigation. Au fur et à mesure, on prend confiance en son geste, on apprend à négocier les descentes, les mains sont moins crispées, et on se surprend même à regarder le paysage. Demain, j'irai faire un test de grossesse. Est-ce que je vais réussir à tenir ma pagaie ?

La fin d'un monde

Vienne, mois de février

« Le moi n'est pas maître dans sa propre maison. »
Sigmund Freud

— Chérie, tu veux bien me passer le shampoing ? Je l'ai laissé dans ma valise !

Peter crie depuis la douche et je fais semblant de ne pas l'entendre. Je suis bien trop occupée à contempler le plafond, allongée sur mon lit. L'appartement que nous avons loué à Vienne est un exemple idéal pour saisir l'architecture de la ville, en tout cas l'une de ses périodes les plus spectaculaires. L'Art nouveau, ou le *Jugendstil*, comme il se nomme ici, est une démonstration du génie qui régnait sur cette capitale au début du XXe siècle. Peter m'a fait la surprise du lieu, et dès notre arrivée, j'ai été éblouie par la façade du bâtiment. On y devine un curieux motif pastel, mêlant des poissons et des oiseaux à des courbes, des sortes de lianes généreuses, prêtes à les abriter. La richesse du décor se poursuit dans la cage d'escalier, où des fleurs se promènent, accueillant les visiteurs. C'est un immeuble d'habitation, et pourtant, l'élégance submerge de toutes parts, comme si l'on entrait dans un musée. La nature est représentée avec tant d'imagination et de détails qu'on a l'impression qu'elle a épousé les murs, qu'elle s'est fondue dans la matière. Je crois qu'en architecture c'est une de mes périodes favorites. Pour s'opposer à l'industrialisation et à sa reproduction en chaîne, des artistes du monde entier ont fait de l'Art nouveau une tribune rendant hommage aux végétaux, aux animaux, aux insectes : en somme, à tout ce qui est sensible, singulier et vivant.

Et c'est bien ce monde vivant et ces lianes courbées qui ornent le plafond de cette chambre magnifique, dans laquelle, pour l'instant, je me sens pétrifiée. Le décor est parfait, mais je n'arrive pas à imaginer que c'est ici, dans cet espace, au sein de ces quatre murs, que je vais devoir annoncer à Peter que je suis enceinte. Car à partir du moment où je prononcerai ces mots, ils ne m'appartiendront plus. Nous basculerons vers une autre existence, vers un irrémédiable. Rien que d'y penser, je ne sens plus mes jambes étalées sur la couette. J'ai l'impression de flotter, d'être suspendue dans l'espace, en apesanteur dans la canopée. Ce n'est pas sa réaction que je redoute, je sais qu'il sera fou de joie, parce qu'il fait partie de ces individus dont la joie est une force majeure, une affirmation toujours renouvelée. C'est plutôt moi que je crains. J'ai peur que la machine s'emballe. Un mariage, une grossesse, une entreprise. Tout ce qui m'effrayait, tout ce que j'avais fui, il y a cinq ans, se rejoue là devant moi, juste sous mes yeux, tel un mouvement inexorable. Comme si tous les chemins ne menaient pas à Rome, mais à cette vie-là, qu'aucun élément ne pouvait m'en détourner, qu'il fallait simplement que j'accepte, que je succombe, que je me laisse emporter ! Mais comment faire pour vivre avec Peter ce que je n'ai pas osé vivre avec Victor ? Pourquoi cette fois-ci serions-nous plus légitimes ou plus à l'abri de tous les naufrages ? Cécile a-t-elle raison ? Mes questionnements font-ils de moi une personne capricieuse ? Je me demande comment font les gens pour accepter la vie et la mort avec autant d'évidence.

— Ce qu'il y a de super quand tu te laves les cheveux avec du savon, c'est que tu aimes encore plus ton shampoing après ! Donc tu vois, je suis content que tu n'aies pas bougé !

— Oh pardon mon amour, tu avais besoin d'un truc ?

— Non, ne t'inquiète pas, je sais que quand tu es en réunion avec toi-même, il ne faut pas trop que je te dérange. D'ailleurs, tu as fini ? J'ai hyper faim ! Et il faut que j'avale un morceau avant le colloque. Viens, j'ai repéré un endroit qui a l'air trop bon. Habille-toi !

Peter est l'homme le plus agréable que je connaisse, le plus drôle aussi. Et je n'affirme pas cela d'un œil amoureux, car quiconque le croise plus de dix minutes parvient au même constat. Il n'est ni lisse ni consensuel, mais affiche un mélange de prévenance, d'ouverture et d'enthousiasme qui le rend éminemment sympathique. C'est d'ailleurs de cette façon qu'Alexandre me l'a décrit, avant de me mettre en relation avec lui. Lorsque, après quelques mois de séjours philosophiques en Europe, nous avons décidé d'étendre nos propositions de voyages aux États-Unis, il a fallu que je cherche quelqu'un chez qui loger régulièrement. Je voulais louer une chambre ou un appartement afin d'éviter les frais d'hôtellerie à New York. Alexandre a tout de suite pensé à Peter. Il avait fait un échange linguistique dans sa famille, vingt ans auparavant, et ils étaient toujours restés amis. Entre-temps, Alexandre était devenu philosophe, et Peter un architecte, expert en patrimoine du XXe siècle. Il va de soi que l'idée de rencontrer un nouvel architecte m'a d'abord refroidie, tant cette profession me ramenait à Victor. Mais je n'avais pas tellement le choix, surtout que Peter a proposé de m'accueillir autant que je voulais.

Et c'est ainsi qu'un soir de mai, à peine sortie de l'aéroport John F. Kennedy, je me suis retrouvée à Park Slope, dans Brooklyn, autour d'un plat de pâtes à la tomate et à la ricotta. Tout dans l'appartement était soigné, raffiné, chaleureux, à l'image de son propriétaire. Très vite, il m'a apprivoisée, et m'a aidée à construire des itinéraires pour les voyageurs, à apprendre la grammaire de la ville, et à faire la différence entre un trou de donut et celui d'un bagel. Lui-même voyageait beaucoup, alors nous avons pris l'habitude de nous retrouver un peu partout dans le monde, partageant nos découvertes, nos trajets d'aéroport et, sans même qu'on le formule officiellement, nos vies. Il a déménagé à San Francisco où je le retrouvais entre chaque voyage, et sa maison est devenue mon point de ralliement.

— Tu veux que je t'apprenne un truc sur Sigmund Freud, Pénélope Dessauges ?

— Avec plaisir, mon cher Peter. Tu postules pour être notre prochain guide ?

— Je te ferai remarquer que même Théana me trouve très organisé !

— C'est vrai, c'est vrai, alors je t'écoute !

— Eh bien, avant de s'intéresser à l'âme humaine, Freud voulait être zoologiste. Figure-toi qu'en 1876 il part étudier la sexualité des anguilles au labo de biologie de Trieste, en Italie. Là-bas, le jeune Sigmund dissèque à tour de bras pour examiner les bestioles, il travaille en particulier sur l'origine biologique de l'hermaphrodisme. Eh ouais !

— Et donc ?

— Bah rien, justement ! Il publie le résultat de ses enquêtes lors de son retour à Vienne mais personne ne s'y intéresse vraiment. Alors, déçu, il finit par changer de voie. Imagine qu'on était à un poisson gluant de ne jamais découvrir l'inconscient !

— Bravo Peter, excellente anecdote ! Que fais-tu au mois d'avril ? Tu es disponible pour promener un groupe de trente personnes avides de parler d'anguilles et de psychanalyse ?

— Ah non, désolé c'est bête, mais je suis déjà pris ! Figure-toi que je me marie, et que, comme ma future femme refuse de s'occuper de l'organisation, je suis sub-mer-gé !

Peter éclate de rire et mime un évanouissement, la main sur le front. Il fait très froid, mais le soleil brille et donne au ciel une nuance bleu électrique. Nous nous promenons jusqu'au restaurant. Comme toujours, j'évite sa remarque sur le mariage, c'est une plaisanterie récurrente chez lui, et une manière de rappeler que je ne réponds ni au devis du traiteur ni au fleuriste, encore moins à des questions sur le plan de table. Il coordonne tout avec ma famille. Et dire qu'en plus il va devoir intégrer une grossesse dans ses prévisions ! Pour ma part, je me suis contentée de choisir mes témoins, Cécile et Théana, qui orchestrent tout avec minutie. Le reste m'échappe un peu. Au fond, je crois que Peter n'en souffre pas, car il ne doute pas de mon amour pour lui. Il sait ce que ça représente de me plonger dans une histoire d'amour après avoir eu le cœur doublement brisé. Ma rupture avec Victor, puis sa mort, m'ont placé face à la chute, face au goût terrible de la fin. Or quand une histoire commence, on a toujours cette foi folle qui nous pousse à croire que cet amour durera éternellement. L'amour a ce besoin d'éternité pour exister, c'est là que réside toute sa noblesse. Alors quand ce n'est pas le cas, quand on n'y parvient pas, il faut un courage inouï pour s'élancer encore, pour y croire encore, pour oser encore, sans culpabiliser, sans trébucher ni se paralyser. C'est ce que je vis, et ce que j'essaie de faire de mon mieux. Chaque pas est une avancée vers la résilience, même si, ces derniers temps, je me sens plutôt bloquée. Peter sait que si ça ne tenait qu'à moi, on se marierait presque seuls sur un rocher grec, à fleur d'horizon, dans l'absolu dépouillement que méritent les promesses éternelles. Mais je sais aussi que le mariage n'est pas seulement une alliance entre deux individus, c'est un événement que l'on place dans la mémoire des autres, dans celle de nos témoins de vie, espérant peut-être qu'en des temps plus sombres, ils puissent nous rappeler la beauté de notre union. Je laisse donc à Peter le soin de s'occuper de la mise en scène, tandis que je m'exerce à prendre soin de cet instant et à tenter d'y voir plus clair dans le tumulte de mes émotions. C'est déjà bien assez !

— T'as pas faim ? C'est trop bon pourtant, je vais essayer de reproduire cette sauce aux champignons à la maison. Tu fais quoi, cet aprèm ? Tu viens avec moi au colloque ou tu as des rendez-vous ?

J'ai une nausée insoutenable et l'impression que je ne pourrai plus jamais supporter l'odeur des champignons. Je pense aux femmes qui annoncent leur grossesse en plaçant de jolis chaussons dans une boîte dorée, et à moi qui suis à deux doigts de vomir sur la table ! Je me concentre sur le programme de l'après-midi.

— Je crois que je vais me balader un peu. J'ai envie de m'imprégner de Vienne. Tu imagines comment les gens vivaient au début du siècle ? Un bouillonnement permanent.

— J'aurais bien aimé connaître cette période. Elle est tellement importante pour l'architecture et l'urbanisme ! En fait, les progrès du XIXe siècle ont motivé tout le monde. Les découvertes scientifiques sont éblouissantes et la modernité s'installe partout. Par exemple, en France, en 1900, l'Exposition universelle s'apprête à accueillir des milliers de visiteurs, il faut donc désengorger la ville, et c'est comme ça qu'on se met à créer le métro pour que les gens puissent se déplacer plus rapidement. Tu te rends compte ? Le succès est dingue ! On équipe les maisons d'eau et de gaz, et, pour beaucoup, d'électricité… La créativité s'allie à la science, les matériaux changent, on construit autrement, c'est prodigieux. Sans compter l'arrivée du cinéma, du gramophone pour la musique, ou la traversée de la Manche en avion… On comprend pourquoi on appelle ça la « Belle Époque » ! Pour ça au moins, tu peux être fière d'être française !

— Tu as raison ! Mais tu sais, au début du XXe siècle, c'est toute l'Europe qui est une terre de savoirs où les théories circulent librement. Les penseurs d'Allemagne, de France, d'Angleterre se rencontrent, s'écrivent, échangent. Toutes les disciplines se répondent et ont confiance en l'avenir. Einstein développe sa physique, Russell la logique, Bergson réfléchit à une autre manière de percevoir l'évolution… ça foisonne. Et ici, à Vienne, c'est la folie…

— Je peux finir tes champignons ?

— Oui, vas-y. Après Paris, Vienne est la plus cosmopolite et la plus grande des villes d'Europe. C'est la capitale de l'Empire austro-hongrois qui compte plus de cinquante millions d'habitants réunissant une quinzaine de nations… La Hongrie, la Tchéquie, la Pologne, la Serbie, la Croatie, l'Ukraine, et j'en oublie. L'empereur François-Joseph tente coûte que coûte de fédérer tout le monde, malgré de fortes tensions indépendantistes, et il accueille de nouveaux arrivants, issus des quatre coins de l'Empire. Du coup, la population double en quarante ans et connaît un essor sans précédent. Dans tout ce monde, forcément, il y a des musiciens, comme Gustav Mahler, des peintres comme Gustav Klimt, Egon Schiele, des auteurs, avec Stefan Zweig, Rainer Maria Rilke, Franz Kafka, et Robert Musil...

— ... et des architectes de génie, comme Josef Hoffmann, Josef Maria Olbrich, Otto Wagner. Demain, on ira voir l'église Saint-Léopold am Steinhof. On dit que c'est la première église moderne ! Tu vas voir, son dôme doré est impressionnant. Quand j'étais petit et que je rêvais d'Europe, c'est aussi parce que j'avais vu une photo de cette église.

— Bref, c'est une atmosphère très riche, même si on sent déjà la montée du nationalisme, et dans tout ça, il y a notre cher Sigmund Freud.

— Et ses anguilles ! C'est passionnant ce que tu racontes. Mais je dois y aller, je vais être en retard. Quelle chance j'ai d'être avec une femme si intéressante ! Tu es ma Vienne à toi seule...

— Tu n'es pas mal non plus ! Mais j'espère que notre histoire se finira mieux que celle de Vienne ! Profite bien de ton colloque, moi je vais écrire quelques mails avant d'aller marcher, on se retrouve à l'appartement ce soir.

Les odeurs du restaurant me dérangent toujours autant, je décide d'aller m'installer au café juste à côté. Je culpabilise de ne rien dire à Peter, de garder le secret de mon ventre, et en même temps, j'ai l'impression que c'est nécessaire, qu'il faut que je m'imprègne de la nouvelle, qu'elle infuse, et qu'elle m'appartienne, avant d'être en mesure de la transmettre. Je ne sais pas si je veux un enfant, mais je sais que je veux rencontrer l'individu qui se dessine en moi. Sauf que chaque fois que j'y pense, tout s'emmêle. Que dois-je faire pour ne plus me sentir si entravée ?

*

En ouvrant ma boîte de réception, je découvre plusieurs mails de Rachel : il y a des photos du voyage, un compte rendu détaillé à publier sur notre site Internet et un message adorable. L'expérience du séjour à Boston a confirmé son talent et son implication. Les participants sont repartis transformés, conquis par ses mots, et peut-être plus encore, convaincus par le fait que la désobéissance est parfois nécessaire. C'est dans ces moments-là que notre mission me semble précieuse. Nous rendons possible, même modestement, la découverte d'une pensée, d'une époque, d'un territoire, d'une figure. Et j'aime croire que toutes ces lumières qui s'allument dans les esprits participent à entretenir un feu global, celui de l'amour de la connaissance. Katie aussi m'écrit ; elle est déjà en train de prévoir la suite, elle me demande de confirmer le séjour « New York avec Hannah Arendt », et si c'est moi qui me charge des visites. Je m'aperçois que le voyage est programmé pour juillet, et qu'alors je serai enceinte d'un peu plus de cinq mois. Je n'ai aucune idée de quelle personne je serai à ce moment-là.

J'ai envie d'écrire à Alexandre. De lui raconter Vienne, mais aussi de prendre de ses nouvelles. Nos relations ont changé depuis qu'il vit avec Théana et que nous travaillons tous les trois, mais nous partageons toujours une complicité évidente, une compréhension tacite. J'admire sa justesse, cette façon qu'il a d'accompagner sans jamais infantiliser. Le fait que Théana est en fauteuil roulant n'est ni un tabou ni un poids, c'est une donnée qu'ils intègrent, qu'ils considèrent, qu'ils ajustent ensemble. Il répète sans arrêt qu'il n'est pas philosophe, qu'il a étudié la philo, c'est tout. Je crois au contraire qu'il incarne mieux que personne une idée de la sagesse, une façon de penser sa vie et de vivre sa pensée.

« From : penelopedessauges@yahoo.fr
To : alextecraso@gmail.com

Mon Alex,

Je sais que tu n'aimes pas qu'on commence un mail en écrivant mécaniquement « comment vas-tu ? » et pourtant, c'est ce que j'ai envie de te demander, je veux dire : de te le demander vraiment. Je repense souvent à notre rencontre, à toi à mon chevet après mon évanouissement et ma fuite ratée pour Ithaque. C'est drôle parce que tout était déjà là, notre complicité, la philo, mes états d'âme. Bon, tu auras quand même remarqué que je m'évanouis un peu moins maintenant ! Mais toi, qui est à ton chevet ? Comment fais-tu pour être toujours si juste, si aligné, si présent pour nous tous ? Est-ce que parfois, dans la nuit, tu t'interroges sur ce que tu fais là ? Est-ce que tu sais que, moi aussi, je suis là pour toi ?

Ici, tout va bien. Enfin, bon, tu me connais, c'est un "bien" qui est soumis aux questionnements ! Mais disons que Vienne me fascine. J'en parlerai à Théana, mais je pense vraiment que nous devons modifier le programme que nous proposons habituellement, et le recentrer sur ce début du XXe siècle si effervescent. Je lis beaucoup de choses sur Sigmund Freud.

Évidemment, je le connaissais, mais j'ai appris plein d'éléments nouveaux. Par exemple, j'ai découvert qu'en 1896 il a fait une dépression terrible, coïncidant avec la mort de son père, et que c'est à partir de là qu'il a commencé à travailler sur les rêves, persuadé qu'ils abritaient des messages lui permettant de surmonter son chagrin. J'ai trouvé cette phrase dingue dans son texte de 1900, *L'Interprétation des rêves* : "Le rêve est la voie royale qui mène à la connaissance de l'inconscient dans la vie psychique." C'est tellement novateur comme pensée ! Je sais qu'on lui a reproché son manque de rigueur scientifique, mais quand même, c'est une révolution pour les sciences de l'homme ! C'est fou que son intuition l'ait poussé à formuler cette théorie si célèbre sur la nature du rêve et l'origine des névroses ! Comme si la nuit était un coffre à trésors, et que chaque fragment de sommeil pouvait mener à l'inconscient psychique nous permettant de dénouer les conflits qu'il contient. Ça m'a troublé, tu penses bien !

Alors forcément, ça fait une semaine que je considère mes rêves autrement. J'essaie de les noter au réveil quand j'arrive à m'en souvenir. Hier matin, j'ai rêvé que j'étais sur une route de campagne avec Shéhérazade (oui, oui, celle des *Mille et Une Nuits*) et qu'elle me révélait un secret sur la mort de Victor, mais il y avait tant de vent que je ne l'entendais pas. Tu crois que ça va durer encore longtemps ? Tu crois que je vais continuer à en rêver tant que je ne saurai pas exactement "tout" ce qui s'est passé ?

Tu vois, je te demande comment tu vas, et finalement, c'est encore toi qui es à mon chevet… Je suis incorrigible.

Je t'embrasse, j'ai hâte de te voir avec Théana.

Pénélope. »

Je sais que je dois écrire à Théana, reprendre le fil de mon travail, et commencer mes visites, sauf qu'avoir déposé ces mots me trouble. C'est peut-être ridicule mais, et si c'était vrai ? Et si mon rêve m'indiquait le chemin ? Et si tout ce qui m'oppresse, me trouble, m'enferme, me bloque, tenait dans ce murmure de Shéhérazade que je ne parviens pas à entendre ? Et si inventer mon existence, comme m'y engage Cécile, c'était revenir quelques pas en arrière ? Après tout, je suis peut-être comme Freud. Si je ne parviens pas à faire mon deuil, c'est peut-être parce que rien n'a été clair, et que c'est en revenant à l'origine de ma peine que je parviendrai à la surmonter.

*

Je me souviens de toutes les secondes qui ont précédé cet insupportable appel. Je me souviens du goût de la poire que j'ai posée pour attraper mon téléphone. Je me souviens de la voix inaudible du père de Victor, de ses phrases en pointillé, de son souffle haletant. Je me souviens de m'être dit que l'horreur nous fait jouer une scène de cinéma, que le choc est si grand qu'on se regarde à distance, assistant aux événements depuis un coin de la pièce. Je me souviens des répliques insensées qui ont suivi et de cet enterrement au cimetière du Père-Lachaise après le rapatriement de son corps. Je me souviens de la main de sa sœur qui tenait la mienne, et de celle de Peter sur mon épaule. Je me souviens de m'être répété cent fois « on vient de mettre mon premier amour dans un cercueil », sans comprendre ne serait-ce qu'une syllabe de tout cela. Et puis, ensuite, je me souviens du silence assourdissant. Victor était mort en tombant d'un chemin de randonnée, à quelques kilomètres de São Paulo, là où il menait un projet de construction. Et nous devions vivre avec ça. Nous devions nous contenter de cela. Personne, pas même sa famille, ni ses amis, ne voulait en savoir plus. Ils préféraient que la porte se referme, de peur que le monde des morts ne contamine le monde des vivants. Ils voulaient se murer dans leur désolation. Et je les ai laissés faire. Malgré mon incompréhension, je ne me sentais pas légitime, je ne parvenais pas à exprimer aux siens combien j'avais besoin de savoir, de voir, de vivre ses derniers instants pour les accepter.

Mais, aujourd'hui, je me rends compte à quel point j'ai fait erreur et à quel point j'en ai besoin. L'homme que j'ai passé tant d'années à aimer est mort sur un sentier à l'autre bout du monde, emportant avec lui tous ses possibles, et je ne connais rien de ses dernières minutes de vie. A-t-il trébuché ? Pensait-il à autre chose ? A-t-il crié en chutant ? A-t-il voulu chuter ? Que faisait-il là ? Quel est ce projet de construction dont il n'avait parlé à personne ? Quel est le dernier individu à qui il s'est adressé ? Pourquoi nous ne savons rien ? Je veux pouvoir faire face à ces questions, rouvrir la porte que nous avons fermée, pour que le monde de Victor continue à exister, pour que la vie jaillisse en moi, sans crainte ni culpabilité. Je veux entendre le murmure de Shéhérazade, et faire la paix avec mon fantôme.

*

Je sors du 19 Berggasse, l'immeuble où Freud a pratiqué durant quarante-sept ans. Pendant toute la visite, j'ai imaginé ce que ces murs ont dû recueillir comme paroles. Car c'est là, en écoutant ses patients allongés sur son célèbre divan, qu'il décortiqua notre vie psychique, prise entre les impératifs contradictoires du *ça*, du *surmoi* et du *moi*. D'un côté, nos pulsions inconscientes, de l'autre, nos interdits sociaux et parentaux, et au milieu, notre pauvre *moi* qui tente de faire ce qu'il peut. Les rues de Vienne sont animées, on ressent l'agitation de fin de journée. Les touristes accélèrent le pas pour lutter contre le vent glacial, ce vent de l'est qui saisit jusqu'aux os. Je suis épuisée. J'ai hâte de voir Peter, hâte de lui soumettre mes idées pour ce nouvel itinéraire, et, surtout, de lui parler. J'entre dans le hall et je souris à la vue de ces lianes qui s'emmêlent, tournent autour de la cage d'escalier, sans début ni fin, à l'image des pensées qui composent notre esprit. En mettant la clé dans la serrure, je sais que Peter est déjà là.

— Ah te voilà ! Ce colloque était génial ! Tu vas adorer, j'ai pris pas mal de notes pour ne rien oublier, je vais te raconter. Tiens, d'ailleurs, j'ajoute un endroit à nos visites de demain et, tu sais, je me disais…

— Mon amour, j'ai quelque chose à te dire.

*

11 février – Vienne

Je ne sais pas à combien de nuits j'en suis dans ma lecture des Mille et Une Nuits. *Je suis tellement captivée par ces contes que je ne parviens plus à les détacher les uns des autres. Mais quand même, quelque chose me trouble. À l'origine, ces histoires sont des récits qui ont été transmis oralement, évoluant au gré des conteurs, des voyages, des températures, des décors. Leur forme est mouvante, alors que ceux que je lis n'en sont qu'une version figée. Est-ce que tout est comme ça dans la vie ? Faut-il figer les choses pour avancer ? Je crois qu'aujourd'hui j'ai compris l'inverse. J'ai compris qu'il faut du mouvement et de l'interprétation, et que tous ces balancements sont la marque du sensible, du singulier et du vivant. Alors ce soir, je suis prête, prête à laisser mes rêves prendre toute leur place, se contorsionner autour de moi, autour de mon ventre et me chuchoter tout ce que je n'ai pas voulu percevoir.*

Le manifeste de la conscience

Vienne, mois de février

« Quiconque veut vraiment devenir philosophe devra une fois dans sa vie se replier sur lui-même. »

Edmund HUSSERL

« From : alextecraso@gmail.com
To : penelopedessauges@yahoo.fr

Ma très chère Pénélope,

Est-ce que je t'ai déjà raconté pourquoi j'ai commencé à faire de la philo ? Je sais que tu es bien au courant de mon parcours, je ne vais pas te dérouler mon CV, mais je ne pense pas que tu connaisses exactement la genèse de tout cela. Il faut dire que je garde souvent cette histoire pour moi, de peur qu'elle abîme ma crédibilité d'apprenti philosophe ! Sauf qu'aujourd'hui, après avoir lu ton mail, je crois que c'est le bon moment pour t'en faire le récit.

Lorsque nous étions enfants, mon frère et moi, notre père et notre mère travaillaient tout le temps. Ils avaient sans cesse des dossiers sous les bras et l'air préoccupé de ceux qui ont des choses à faire. Nous ne le vivions ni bien ni mal. Nous savions juste que certains parents étaient à la sortie de l'école, tandis que les nôtres ne rentraient que lorsque nous étions déjà au lit. Nos liens consistaient surtout à recevoir des bisous sur le front à moitié endormis. C'était comme ça, et nous nous en accommodions parfaitement, surtout parce que nous avions une folle passion pour notre nounou. Elle s'appelait Nairy et venait du Venezuela. Nairy n'était pas seulement gentille, elle était juste, le genre de justesse qui sécurise un enfant, qui le structure. Elle se fâchait uniquement quand elle n'avait pas d'autre ressort, préférant toujours écouter, expliquer, et parfois même revenir sur ses décisions quand nous réussissions à la convaincre de nous laisser jouer plus longtemps. Elle nous apprenait l'espagnol, nous préparait des gâteaux au maïs et nous aidait à construire des pyramides en cartes à jouer. En somme, elle était tout notre monde, ou, du moins, tout ce que peut être le monde lorsqu'on a 4 et 6 ans. Cependant une chose m'angoissait terriblement, tu t'en doutes : c'était l'idée qu'un jour elle puisse partir et qu'elle nous laisse, mon frère et moi. Parfois, j'étais traversé par des angoisses si terribles que je la serrais de toutes mes forces jusqu'à éclater en sanglots. Elle me caressait les cheveux, attendait que ça passe et me promettait qu'elle serait toujours là. Mon angoisse était d'autant plus profonde que je savais qu'elle avait un secret. Nairy portait toujours une longue chaîne autour du cou, et au bout de cette chaîne, un grand pendentif ovale sur lequel on pouvait apercevoir un fermoir, comme une petite boîte brillante, qui me fascinait. Ce pendentif était l'objet de toutes mes interrogations. Je la suppliais de me montrer ce qu'il y avait dedans mais elle refusait toujours. Un jour, en lui faisant un câlin, j'avais essayé d'attraper le pendentif et de l'ouvrir. Nairy, pour la première fois depuis qu'elle s'occupait de nous, était entrée dans une colère noire, m'éloignant brusquement de son corps. J'étais pétrifié, j'avais l'impression d'avoir commis l'irréparable. Le soir même, elle était venue au bord de mon lit et m'avait chanté une chanson pour m'assurer qu'elle m'aimait toujours, et puis, elle m'avait dit ces quelques mots : “Je te montrerai ce qu'il y a dans le pendentif quand tu seras suffisamment philosophe pour le comprendre.” Si elle avait su à ce moment-là qu'elle allait autant marquer mon existence ! J'ai retourné ces mots dans ma tête des milliers de fois. Je n'avais aucune idée de ce que c'était d'être philosophe, mais je m'étais juré d'y parvenir pour découvrir ce que cachait son bijou. Quelques mois plus tard, notre père a perdu son emploi, et un matin, sans qu'on ait pu lui dire au revoir, nos parents nous ont dit que Nairy ne viendrait plus et que c'était notre père qui désormais nous amènerait à l'école. Nous n'avons jamais eu de nouvelles, j'ai essayé en vain de la retrouver quand j'étais adolescent. Et encore aujourd'hui, je tape souvent son nom sur les réseaux sociaux, mais je n'ai pas retrouvé sa trace, ni son pendentif.

Je crois que c'est ma toute première blessure, mon premier chagrin d'amour, j'ai longtemps été inconsolable. Ce serait caricatural d'affirmer que j'ai choisi de faire des études de philo pour me relier à Nairy. Bien sûr que d'autres facteurs ont été déterminants : ma curiosité, les livres, mes professeurs, mais sincèrement, je crois que sa parole a été comme un spectre rôdant autour de mes choix. J'ai fait de la philo à cause de – ou grâce à – un pendentif porté par ma nounou. Tu as le droit de trouver ça ridicule et même kitsch ! Cela dit, je pense que j'ai surtout fait de la philo en réaction à une tristesse inconsolable. Voilà où je veux en venir, et pourquoi je t'écris ce mail interminable !

La mort de Victor et, dans un autre registre, l'accident de Théana sont semblables à ce pendentif. Ces événements transforment notre vie en destin. Ils incarnent différentes formes de tragédies qui ont toutes un point commun : la violence de l'arrachement qui anéantit tout sur son passage. Je ne saurai jamais ce que contient ce pendentif, pas plus que je ne retrouverai l'amour de Nairy. Théana ne nous sèmera plus de ses pas vifs et déterminés. Quant à toi, tu devras poursuivre ta route sans savoir si Victor et toi auriez pu donner une autre tournure à votre amour. Tu ne peux réduire la tristesse, ni la nier. Il y a des soirs où je suis terrassé à l'idée de pousser un fauteuil toute ma vie, à l'idée de voir cette colère ne jamais quitter le visage de Théana. Mais j'ai envie de te dire une chose, la question est de savoir : que faisons-nous de notre chagrin ? Où nous mène-t-il ?

Une existence ne se résume pas à "ce qui aurait été possible si", elle se dessine à travers ce qui est. Nous ne sommes pas que nos drames, nous sommes aussi tout ce qu'ils viennent mettre en mouvement. L'énigme du pendentif et le départ de Nairy m'ont conduit ici, à Athènes, prêt à découvrir des pensées éblouissantes, et à vivre cette aventure ensemble. Alors oui, ma Pénélope, sans doute que durant des années encore tu penseras à Victor et aux circonstances de son décès, mais n'oublie pas que la réalité attend qu'on l'interprète et qu'on la vive, pas qu'on la subisse. Quel est ton pendentif à toi ?

Pardonne-moi d'avoir été si bavard ! Pas besoin d'être à ton chevet pour avoir beaucoup à te dire, tu vois ! Je pourrais continuer mais il est tard, et j'ai les yeux qui me piquent d'avoir fait trop d'écran. Continue à m'écrire.

On a hâte de vous voir.

Je vous embrasse tous les deux.

Alex. »

*

— Tu te rends compte qu'à huit semaines de grossesse, un fœtus a la taille d'un haricot, celle d'un citron à treize semaines, et celle d'une aubergine à vingt-trois semaines ! Je ne ferai plus jamais les courses de la même façon ! Maintenant, dès que je vais me retrouver au marché, je vais avoir l'impression de tenir mon bébé dans la main. C'est dingue, hein ?

— Attends, tu es encore en train de lire des trucs sur la grossesse ?

— Eh oui, Pénélope Dessauges ! Pardonnez-moi, mais l'évolution de mon fils ou de ma fille m'intéresse ! Je suis plein de nouveaux comptes Instagram géniaux. Maintenant, en plus des pages comme @archidaily, j'alterne avec @magicmaman ou @babyfunfacts. Mon fil d'actu devient un truc hybride avec des gratte-ciel futuristes et des bébés qui portent des bonnets lapins, tout ce dont j'ai toujours rêvé, en somme !

J'éclate de rire, incapable de me concentrer sur ce que je suis en train de lire. Depuis que j'ai annoncé à Peter que je suis enceinte, il est habité par une sorte d'euphorie joyeuse, encore plus palpable que d'habitude. Sa confiance est telle qu'elle agit sur moi par capillarité. Je me surprends à toucher mon ventre, comme pour apprivoiser ce qu'il contient. À l'inverse de lui, j'observe encore à distance le monde singulier de la maternité. Je n'ai pas envie de me laisser happer par cet ouragan d'informations, de témoignages, de conseils. Je ne veux pas que mes sensations soient conditionnées par des lectures, encore moins par les émotions des autres. Peter, lui, a besoin de données factuelles, de statistiques sur la taille du cordon ombilical, d'infographies sur le rôle du placenta, ou d'articles sur la péridurale. C'est peut-être sa manière d'appréhender ce qu'il se passe dans un autre corps que le sien. Alors que moi, à chaque seconde, « c'est là ». Personne d'autre ne peut être mon ventre. L'universalité de la maternité se joue aussi dans cette irréductible singularité.

— J'ai reçu un mail d'Alexandre.

— Tu lui as annoncé notre grossesse ?

— Mais non, voyons ! Je ne dis rien à personne pour l'instant, j'essaie déjà d'intégrer l'idée, et puis Cécile me tuera si elle n'est pas la première à savoir. D'ailleurs, je réfléchis à la façon de le lui dire, elle va être déchaînée. Non, je lui avais écrit pour lui demander de ses nouvelles, et pas seulement des nouvelles de Théana.

— Et alors, comment il va ?

— Bien. Je crois qu'il va bien...

Le portable de Peter se met à sonner au moment où je m'apprête à lui parler du pendentif de Nairy, mais aussi du mouvement que je souhaite enclencher. Je veux lui faire part de ce projet de partir à São Paulo, d'aller sur les pas de Victor, et d'enquêter sur ses dernières heures. Je souhaitais lui annoncer en même temps que la grossesse, me libérer de mon tumulte en un seul bloc, mais, malgré la bonté de son caractère, je n'ai pas voulu qu'il subisse des élans contraires. J'ai préféré que cette nouvelle ne soit pas soumise à mes confusions. Et c'est d'autant mieux car les mots d'Alexandre ont, une fois de plus, tout mis en ordre. Ce qui n'était qu'une intuition, qu'une liste de questionnements, devient un plan précis, une quête concrète.

En attendant qu'il termine son appel, je me replonge dans ma lecture des *Recherches logiques* de Husserl. J'essaie tant bien que mal de mobiliser mes capacités de réflexion, de dépasser l'aridité de la langue pour comprendre sa méthode. Après Freud, j'ai envie de continuer dans l'effervescence viennoise, et Edmund Husserl en est aussi un bon exemple. J'ai découvert qu'il a étudié l'arithmétique à l'université de Vienne, mais c'est le psychologue Franz Brentano qui va le plus marquer son parcours. Husserl est convaincu que c'est grâce à notre conscience qu'on perçoit le monde. Pour lui, la réalité n'est rien en dehors de la façon dont notre esprit la voit. Et la conscience n'est rien sans le monde qui l'entoure. C'est la rencontre des deux qui fonde la connaissance, et c'est cette méthode qui marque la naissance de la phénoménologie, *la science des phénomènes*. Je regarde par la fenêtre, la pluie tombe, Peter fait les cent pas dans cet appartement que je ne me lasse pas de contempler, je sens la douceur de mes chaussettes et, à cet instant, voilà ma réalité. Tout au long de notre journée, des choses arrivent, des phénomènes nous entourent, un son, un mot, une rencontre. On passe à côté de certains sans y prêter attention, et d'autres parviennent à notre conscience, c'est alors qu'on en fait l'expérience. Je souligne une phrase dans le texte, mais je sens que je divague, que les mots de Husserl m'emportent ailleurs. Je me répète en boucle que je vais donner vie à un individu. Que mon corps est en train de fabriquer un nouvel être. Est-ce que j'en prends conscience ?

*

— *Cara mia*, qu'est-ce qu'on caille à Vienne !

— C'est parce que tu es habituée à l'Italie !

Alice descend du taxi avec une exubérance magistrale. Elle fait des grands signes au chauffeur, on a l'impression qu'elle sort d'un carrosse. Elle porte une longue jupe bordeaux et des bottes en daim qui lui donnent un air slave. Elle me serre dans ses bras et fait claquer des baisers dans l'air hivernal. Comme elle avait quelques jours de liberté et que nous n'étions pas complets, je lui ai proposé de nous rejoindre pour faire les visites. C'est l'occasion de se voir, évidemment, mais aussi l'opportunité d'avoir quelqu'un d'autre que moi pour animer le groupe, et créer des moments forts. Alice est si solaire et si sociable qu'elle est capable de détendre les atmosphères les plus glaciales. Je connais suffisamment la philosophie viennoise pour ne pas avoir besoin, sur ce voyage, de faire appel à un guide spécialisé, mais pour briser la timidité d'un groupe, c'est une autre histoire, et je laisse bien volontiers cette tâche à Alice.

— Ma Pénélope, je suis tellement heureuse d'être là ! Bon, alors, raconte-moi un peu ce que je dois faire. Je suis hyper excitée d'être ton assistante !

— Moi aussi ! Dis, tu ne veux pas déjà qu'on pose tes affaires et que je te serve un café ? Viens, on monte, l'appartement est juste là.

Cinquante mètres à peine nous séparent de l'appartement, mais Alice s'arrête pour contempler chaque façade. C'est la toute première fois qu'elle vient dans cette ville et son enthousiasme m'amuse autant qu'il m'émeut. Son cerveau fonctionne comme une rangée de dominos, chaque découverte provoque des réactions en chaîne. Une décoration de porte amène une remarque qui, à son tour, lui fait penser à une anecdote. Ses phrases s'emboîtent et, de la même façon qu'avec Shéhérazade, on ne sait plus tellement quel était le point de départ. Le plus frappant est que cela n'a aucune importance, car Alice n'a qu'une volonté, c'est de faire en sorte qu'en sa compagnie on ne soit jamais tenté de regarder sa montre. Alice est un phénomène qui veut perpétuellement être perçu par la conscience de son interlocuteur.

— Cette ville a l'air incroyable ! Je ne sais pas pourquoi, j'avais l'impression que c'était un endroit un peu vieillot, un peu poussiéreux. Alors qu'en un clin d'œil tout m'intéresse.

— En fait, ce qu'il y a de particulier, tu vas voir, c'est que Vienne est comme un navire englouti. Pendant quelques décennies, c'est ici qu'on invente littéralement le XXe siècle, c'est ici que tout se passe, mais c'est aussi ici que tout va disparaître. J'en parlerai pendant les visites, mais, tu vois, mon exemple favori pour comprendre l'ambition qui résonnait dans chaque rue, c'est le Cercle de Vienne. Tu connais ?

— Non, jamais entendu parler ! Comment ça se fait ? On m'a encore caché des trucs !

— Non, c'est juste qu'on en parle pas tant que ça. En gros, comme son nom l'indique, le Cercle de Vienne est une sorte de groupe de penseurs, réunis autour d'un homme, un certain Moritz Schlick. Lui est physicien de formation, mais les membres du cercle sont tous issus de disciplines différentes. Il y a des mathématiciens, des philosophes, des sociologues, et ils ont un projet, c'est de se retrouver pour discuter des avancées de la science et de la philosophie.

— Sympa, les dîners du samedi soir ! Il y a ceux qui se racontent leur semaine tranquille et ceux qui veulent faire avancer le monde ! J'adore !

— Oui, c'est un peu ça ! Le truc qui leur pose problème, c'est qu'ils ont l'impression qu'en philosophie, en politique et en théologie, on peut raconter n'importe quoi.

— Attends, comment ça, « n'importe quoi » ?

— En fait, ils ont l'impression que le langage est malade. Imagine par exemple si je me mets à parler de liberté ou de Dieu, eh bien, sans doute que toi et moi nous n'en aurons pas la même définition. On ne peut pas montrer Dieu comme on montre une tasse ou un tabouret. On ne peut pas l'observer. Pareil pour les sentiments. On peut les vivre, les ressentir, mais on ne peut pas les désigner comme si c'était des objets. Le souci de la conscience et de l'inconscient c'est qu'on est tous différents, c'est donc dur de se mettre d'accord. Alors les philosophes du Cercle de Vienne vont proposer de faire un grand ménage. En somme, ils déclarent qu'il faut trier ce qu'on dit, en mettant d'un côté les paroles qui ont du sens, parce qu'elles décrivent scientifiquement le monde et qu'elles sont vérifiables, et de l'autre les paroles qu'on ne peut pas prouver et, du coup, qu'il vaut mieux taire. C'est le triomphe de la logique. Si c'est logique, alors c'est bon, sinon...

— Mais c'est atroce ! Ça veut dire qu'on ne peut plus parler d'amour, d'espérance, de rêves, de toutes les choses les plus cool dans la vie ! C'est ultra-sévère, ton cercle ! Redonne-moi un peu de café, s'il te plaît, il me faut un remontant !

— Bon, je te l'accorde, cette philosophie, qu'on appelle la philo analytique, est un peu aride, mais l'enjeu est de taille. Les membres du Cercle de Vienne veulent que la connaissance humaine repose sur des bases claires et acceptables pour tous. Un peu comme une règle du jeu, tu vois ! Employer des mots qu'on ne comprend pas tous de la même façon conduit à la discorde, aux embrouilles, aux tensions. Ils s'inspirent beaucoup d'un philosophe viennois, Ludwig Wittgenstein, qui a écrit un texte étrange, *Le Tractatus logico-philosophicus*, dans lequel il explique que le langage sert uniquement à décrire des faits. Alors certes, cette conception scientifique du monde n'est pas très marrante ni très poétique, mais ça évite les confusions et la subjectivité. Et, surtout, ça évite aussi la manipulation, car rappelle-toi tout de même que nous sommes en 1929 quand ils travaillent sur cette question...

— Et en 1929, c'est la montée des idéologies… Je vois.

— Et oui, un peu partout, il y a des discours nationalistes qui opposent les gens entre eux, des politiques qui produisent des raisonnements à première vue clairs et cohérents alors qu'ils reposent sur du vent. Donc, pour eux, réformer le langage n'est pas qu'une question philosophique, c'est aussi une urgence politique. D'ailleurs, la montée du nazisme oblige tout le groupe à quitter Vienne. Beaucoup d'entre eux sont juifs et ils craignent pour leur vie. Certains partent en Angleterre, d'autres en France ou aux États-Unis. Le seul qui reste, c'est Schlick lui-même. Sauf qu'il se fera assassiner sur les marches de l'université le 22 juin 1936. Tu comprends pourquoi je te parle de navire englouti ? Toute cette pensée, toute cette puissance intellectuelle, tous ces raisonnements… et pourtant, rien n'empêchera le monde de sombrer dans la pire des horreurs. Tu vois, ce n'est pas une ville poussiéreuse, c'est une ville recouverte de cendres. En fait, c'est une autre Pompéi.

— C'est tragique. Moi qui étais super excitée, j'ai maintenant le moral à zéro. Tu ne vas pas raconter que ça à ton groupe, si ? Parce que là, je vais vraiment devoir faire le clown pour rattraper le coup !

— Mais non, ne t'inquiète pas, c'est juste essentiel, je crois, de leur montrer l'importance de ce qu'on dit, d'interroger la réalité, sinon, on crée du vide... On se fait emporter, on tombe dans un trou béant.

— J'aimerais que mes enfants t'entendent. Qu'ils apprennent de nos erreurs et qu'ils fassent autrement qu'alterner entre destruction et reconstruction. Tu crois que c'est possible ?

— J'espère...

— Bon, en attendant que tu sauves ma progéniture du chaos, raconte-moi comment vous allez, toi et ton futur mari !

Alice chasse l'inquiétude qui, un instant, a traversé ses yeux. Je suis heureuse qu'elle soit là, mais ma gorge se serre en pensant à ces générations futures. Je crois que depuis que nous nous sommes lancés dans ce projet avec Théana et Alexandre, il n'y a pas une seule journée où je ne me suis pas demandé si tout cela était assez. Si emmener des gens en voyage suffisait à faire notre part. Nous semons des graines dans les esprits. Nous faisons exister le passé l'espace d'un court séjour. Nous éclairons des zones d'ombre. Et j'en suis fière. Pour autant, j'ai tout de même la conviction qu'il y a autre chose à faire. Sauf que je ne sais pas quoi. Car comment puis-je avoir la prétention de transformer la société alors que ma propre vie est bancale ? Comment, à ma toute petite échelle, puis-je aider à repenser les systèmes qui nous entourent ? Depuis que j'ai découvert ma grossesse, cette tension n'a jamais été aussi vive. C'est ma manière à moi de prendre au sérieux ce qui m'arrive. Je me sens responsable de l'univers dans lequel notre enfant va naître et dans lequel grandissent tous les autres. Peut-être est-ce cela être parent : savoir que quelqu'un nous survivra et être en mesure de le regarder en face le jour où il nous demandera des comptes ?

*

La semaine qui suivit fut d'une fluidité exquise. Le groupe était principalement composé d'une bande d'amies s'étant offert cette escapade pour célébrer un enterrement de vie de jeune fille. Évidemment, Alice ne manqua pas de leur dire que je me mariais moi aussi. Alors entre deux promenades, l'heure fut à la fête, à la célébration, aux confidences, aux rires. Peter nous accompagna souvent, Alice et lui prirent le relais quand j'avais besoin d'un peu de calme. L'ambiance fut très gaie. La future mariée, Élise, nous raconta qu'elle avait rencontré son mari sur un télésiège, et que par maladresse elle avait fait tomber ses bâtons. Leurs premières minutes de relation avaient donc consisté à chercher des bâtons enfouis sous la neige. Ils avaient décidé d'en faire un symbole de leur union et de graver des bâtons sur leurs alliances pour se souvenir de qui ils étaient ce jour-là.

Le dernier soir, après avoir raccompagné Alice et le reste du groupe à l'aéroport, j'ai invité Peter à dîner au Zum alten Fassl, un restaurant traditionnel viennois. C'est dans ce décor typique, entouré d'affiches usées, que je lui ai tout déballé. Mes crises d'angoisse sur la mort de Victor, mon besoin de savoir ce qui s'était passé, mes envies de bâtir un monde meilleur, le pendentif de Nairy, mes doutes sur ma capacité d'être une bonne mère, mes questionnements sur la naissance. Pendant une heure, j'ai décortiqué tout ce qui coupait mon souffle depuis plusieurs semaines. Incapable de faire cesser ce torrent de paroles, redoutant peut-être que Peter, épuisé, me dissuade de poursuivre.

— Ça tombe bien, je connais São Paulo, j'ai bossé sur un projet là-bas il y a quelques années, je peux retrouver mes contacts, ils nous aideront. Sèche tes larmes, tout va bien, tu sais, cette quête, ta quête, c'est la nôtre. On va la vivre ensemble. Alexandre a raison, il faut savoir ce qu'on fait des choses. Je ne veux pas que ce deuil soit un tabou, je ne veux pas imaginer que tu te censures. Je t'aime et je t'épouse avec tout ce que tu es. Victor fait partie de ta vie et donc de la mienne. Alors parfois, c'est sûr que j'aimerais que tu aies juste perdu un hamster avant de me connaître, et non pas celui que tu croyais être l'homme de ta vie, mais j'accepte la réalité. Et tu sais, des quêtes, on va en avoir plusieurs. Des bâtons, on n'a pas fini d'en chercher ; et je peux te dire que, parfois, la neige sera bien épaisse, mais on ne va pas lâcher. En architecture, on apprend une chose, c'est qu'il n'y a pas que deux modèles : construction et destruction, il y a aussi des aménagements, des transformations, des réhabilitations, etc. On analyse la structure, on identifie les endroits où il faut la renforcer, et ceux qu'il faut changer. C'est comme ça que des édifices traversent les siècles, malgré les intempéries, les incendies, les bombardements. Alors nous allons prendre les sujets un par un, nous aussi, nous allons soigner notre structure. Pour l'instant, on va commencer par aller à Paris. Ta mère m'a appelé et je crois qu'ils ont tous besoin de te voir. Et sinon, t'as déjà mangé un strudel aussi bon ?

*

18 février – Vienne

« Dites-leur que j'ai eu une vie merveilleuse », aurait dit Wittgenstein au moment de mourir, le 22 avril 1951. C'est curieux de penser que cet homme qui passa tant d'années à vouloir rendre le langage rigoureux et logique prononça, au crépuscule de son existence, une expression aussi vague et aussi floue, que celle d'« une vie merveilleuse ». Et en même temps, c'est peut-être au moment où il n'y a plus à se mettre d'accord qu'on peut lâcher la bride, qu'on peut s'en remettre à l'indicible.

Mais en attendant, c'est la parole qui, une fois de plus, me permet d'éclairer mon cœur. Celle de Peter, celle d'Alexandre, celle d'Alice, la mienne. Loin d'être vides, toutes ces discussions que je redoute tant me construisent, me donnent un sentiment de puissance. Je suis remplie d'une force animale. Et comme le sultan dans Les Mille et Une Nuits, *j'ai hâte d'être à demain, pour découvrir la suite. D'ailleurs, peut-être est-ce cela « une vie merveilleuse » : avoir eu, chaque jour, envie de connaître la suite.*

Une question de temps

Paris, mois de mars

« Durée signifie invention, création de formes, élaboration continue de l'absolument nouveau. »

Henri BERGSON

— Surtout, concentre-toi pour piocher, c'est toi qui choisis mais c'est la carte qui t'appelle. C'est sans doute elle qui a quelque chose à te raconter.

J'essaie de maintenir mon attention sur le jeu de tarot disposé devant moi. Je suis contente d'être là, pas seulement pour entendre ce que les cartes ont à me dire, mais aussi parce que je sais ce qui m'a conduit ici : l'envie de ne pas faire comme d'habitude. Car c'est étrange de revenir à Paris, et surtout, d'être dans un environnement si familier. Lorsqu'on voyage beaucoup, on est toujours tenu par une forme de vigilance, et même si l'on retourne plusieurs fois dans la même ville et qu'on finit par y avoir des repères, il y a un instinct de veille qui s'installe. À chaque coin de boulevard, le corps opère un léger recul, comme s'il attendait une confirmation de notre esprit. Ce n'est pas le cas dans notre quartier natal, qu'il s'agisse d'une ville, d'un village, ou d'un coin de forêt. Le « chez soi » suppose l'aisance de nos pas. C'est mon cas lorsque je suis dans cet arrondissement où j'ai grandi. Toute ma mémoire s'est construite dans ces quelques rues. J'ai accroché des souvenirs à chaque réverbère, à chaque passage piéton, à chaque café du coin. Il faut dire que mes parents n'ont jamais déménagé, et qu'au moment où je me suis installée avec Victor dans notre premier appartement, nous ne nous sommes pas non plus délocalisés. Quelques kilomètres à peine nous séparaient de notre ancien lycée et de notre ancrage familial.

Alors autant dire que ce territoire est chargé, et qu'il contient une somme impressionnante de vécus. Je me répète qu'on pourrait cartographier nos existences à partir des lieux qui les ont composées. Et c'est bien pour cette raison qu'après la mort de Victor il m'a presque été impossible de revenir ici. Depuis mon départ pour Athènes, j'avais déjà espacé mes visites, préférant que mes parents, Cécile et mes amis, viennent me voir. Je m'épanouissais plus en guide touristique capable de leur faire découvrir des trésors insolites. Je revenais uniquement pour les fêtes de fin d'année, profitant du temps hivernal pour éviter les promenades dans les alentours. Il me semble que cette organisation convenait à tout le monde, mais c'était évidemment avant l'enterrement de Victor, qui a rendu impossibles mes déplacements ici. Car comment marcher dans ces rues sans que tout me revienne ? Comment faire semblant d'ignorer que, devant le numéro 12 de la rue du Champ-de-l'Alouette, Victor avait soudainement sorti un paquet de son sac à dos, m'offrant d'une façon singulière et nonchalante une bague symbolisant nos cinq ans d'amour ? Comment ignorer qu'au café Marie-Jeanne nous avions eu l'une de nos plus fameuses disputes, qui s'était ponctuée par un tel geste d'énervement que j'avais renversé un double expresso sur mon jean blanc ? Comment ne pas revoir le visage blême de son frère venant me chercher en voiture pour me conduire au cimetière ? Des fragments de notre relation étaient accrochés partout dans cet insupportable décor : l'endroit où il garait son scooter, l'endroit où nous achetions les fruits et les légumes, l'endroit où j'avais fait tomber mon téléphone, en explosant l'écran par terre, et même, l'endroit où j'avais posé ses cartons lors de notre séparation. La liste était infinie, montrant que nos liens appartiennent avant tout à des territoires. Ils se confondent avec eux, formant une bouleversante géographie du cœur. Il fallait donc la détermination de Peter, son amour, et le renouveau de cette grossesse pour revenir ici. Mais j'avais peur, terriblement peur de tomber dans une pénible noirceur, un de ces états qu'on fait subir aux autres autant qu'à soi-même : il ne serait pas du tout approprié à la joie des retrouvailles.

Cécile m'avait conseillé de charger mon planning et de ne faire que des choses inédites, ou, du moins, que des activités qui ne seraient pas susceptibles d'évoquer quoi que ce soit à ma mémoire. Et c'est comme ça qu'elle m'a proposé d'aller me faire tirer les cartes chez une amie à elle, tarologue. Cécile étant l'incarnation de la rationalité, l'idée m'a surprise et amusée. Elle a insisté et m'a écrit par texto : « Tu vas voir, Sixtine n'a rien de folklorique, elle ne fait pas de la divination en regardant dans sa boule de cristal, elle donne des clés, elle interprète des symboles dessinés sur des cartes. Au mieux, ça t'évoque un truc, au pire, ça te changera les idées, et en plus son cabinet est sympa. Moi, je peux dire qu'elle m'a mis deux ou trois choses sous les yeux ! »

Je n'avais pas grand-chose à perdre, et, surtout, je me suis souvenue que, selon certains spécialistes, c'est le philosophe florentin Marsile Ficin, maître de la Renaissance, qui serait à l'origine des arcanes majeurs du Tarot de Marseille. J'ignore si cela est véridique, mais sa traduction des œuvres de Platon et ses commentaires auraient de troublantes ressemblances avec les descriptions des lames. Une fois de plus, même insidieusement, la philosophie s'est placée en travers de mon chemin, et tout cela mis bout à bout a été suffisant pour me faire pousser la porte de son cabinet. C'est ainsi que j'ai atterri dans cet appartement au minimalisme suédois, sans aucun artifice, face à une jeune femme souriante et soignée. Un col roulé beige sans manche magnifiait son visage, gracieux et apaisé. En la regardant, mon état d'esprit avait déjà changé, exactement comme la première fois que j'ai vu Rachel dans le hall de l'hôtel à Concord. Si les cartes s'interprètent, certains visages aussi.

— Je ne veux surtout pas te presser, mais je crois que les cartes attendent un peu ! Remarque, si tu n'as pas envie que je te les tire, on peut aussi boire un café, ça me va très bien… Cécile parle souvent de toi !

— Oh, pardon, je me suis laissée happer par mes pensées… Mais je suis vraiment contente d'être là. Ça fait longtemps que tu pratiques ?

— C'est relatif, disons que ça fait longtemps que je discute avec les cartes, mais peu de temps que j'en fais un support pour échanger avec les autres. Tu sais, pour moi c'est comme une toile. Les cartes sont des prétextes pour se questionner, pour créer. Elles n'ont pas pour but de révéler quoi que ce soit, car il n'y a rien de ton avenir que tu ne connaisses pas déjà profondément. Les cartes te remettent juste au centre, et c'est parfois ce dont on a besoin, non ?

Sa voix produit des sons mélodieux, presque un pépiement d'oiseau. Elle a déjà réussi le tour de force de me faire me sentir au bon endroit. Avec une pleine concentration cette fois, je dirige ma main vers les cartes, j'en tire cinq et je les place en croix comme elle me l'a demandé. Une fois le tirage terminé, Sixtine retourne les cartes une à une et les commente, soulignant les concepts, les détails visuels, les interrogations que chacune d'entre elles peut soulever. Lorsqu'elle retourne la dernière, je suis impressionnée par la beauté du graphisme. On y aperçoit une femme qui danse au milieu d'une couronne de feuillages bleu ciel, elle tient dans sa main droite une fiole, et dans la gauche un bâton. Elle est entourée dans les coins de quatre figures, un ange, un aigle, une sorte de taureau et un lion. Tout dans le rectangle est harmonieux et équilibré, et en bas de ce tableau idyllique on peut lire le nom de l'arcane : « *Le Monde.* »

— Elle est magnifique cette carte ! Et en plus c'est le Monde... !

— Je te comprends, cette carte a quelque chose de particulier. Moi aussi, je l'aime beaucoup. Dans le Tarot, le Monde représente la réalisation suprême. C'est le moment où, lorsqu'on parvient à se libérer de tout ce qui nous oppresse, on commence à se mettre au service des autres. On choisit de se réaliser au lieu de se détruire. C'est une carte de l'acceptation. Les personnages sont très intéressants à observer. Il y a le taureau qui symbolise l'offrande, l'aide, tandis que l'ange symbolise le cœur plein d'amour, l'aigle, l'accomplissement du mental, et le lion, l'énergie créatrice. Et la femme danse au milieu, remplie de joie, de fête, de confiance ! Et puis, souvent, cette carte renvoie à la femme enceinte…

Je la regarde un peu confuse. Je lis dans ses yeux qu'elle sait très bien de quoi elle parle. Je me demande si Cécile le sait aussi, si elle l'a deviné dans l'une de nos conversations. Je sais que Sixtine n'attend ni commentaire ni confirmation, elle a la délicatesse, dans chacune de ses paroles, de laisser l'interlocuteur libre de son parcours.

— Disons alors que ça tombe bien… Comment as-tu fait pour deviner que j'étais enceinte ? Cécile se doute de quelque chose ?

— Non, pas du tout, je l'ai juste deviné à la manière dont tu caresses ton ventre lorsque tu parles !

— Je ne m'en rends même pas compte ! Surtout, c'est amusant parce que, ce soir, je dois annoncer ma grossesse à ma famille, notamment à Cécile. J'ai l'impression que c'est ce moment qui va donner une sorte de top départ à une nouvelle vague de questions plutôt insolubles. Est-ce que je vais être une bonne mère ? Qu'est-ce que je vais transmettre ? Est-ce que je vais savoir l'apaiser ? Est-ce que je vais l'aimer à la hauteur de ce qu'il mérite ? Est-ce que je ne vais pas me sentir enfermée ? En somme, est-ce que je vais être cette femme qui danse ?

— Tu sais, Pénélope, je ne te connais pas, ces questions t'appartiennent et aucun jeu de Tarot n'y répondra. Mais peut-être la femme sur la carte te murmure-t-elle une simple chose, une toute petite chose : fais-toi confiance. C'est facile à dire, je sais ! Mais, au fond, cette histoire est la tienne et cet enfant est aussi le tien. Il n'y a pas d'épreuve qu'on ne puisse pas traverser. Donne-toi la possibilité de faire les choses d'une manière qui te ressemble, c'est ça qu'on appelle l'harmonie. Cécile m'a dit que tu faisais de la philo, tu dois sans doute connaître Bergson, donc ?

— Disons plutôt que j'organise des voyages philosophiques… Mais oui, je connais Bergson. Pourquoi ? Je ne crois pas qu'il soit un grand adepte du Tarot, si ?

Elle rit et déplie ses longs doigts pour ressortir quelques mèches qui s'étaient glissées dans son col roulé. Je ne sais pas si c'est sa présence, ses propos ou les discussions de ces dernières semaines avec Peter et Alexandre, mais je sens quelque chose se dilater en moi. Indépendamment de ma volonté, une force organique s'exerce à dénouer mes tensions, comme si je n'avais pas d'autre choix que de m'abandonner à cet état.

— Il y a beaucoup plus d'adeptes du Tarot qu'on ne le pense ! Mais ce n'est pas pour cela que je te parle de Bergson. Il y a quelque chose qui m'y fait penser... Tu le sais, au XIXe siècle, plusieurs théories s'affrontent au sujet de l'évolution. D'un côté, il y a les créationnistes qui estiment que la terre a été créée telle quelle, et de l'autre, les travaux de Darwin qui attestent que le développement humain est le fruit d'une évolution. Eh bien, en 1907, Bergson va proposer une troisième voie ! Pour lui, chaque forme de vie est une invention, une création originale ; il affirme que les espèces se sont diversifiées au cours du temps grâce à un élan créateur qui ressemblerait à un jaillissement. Notre évolution ne serait pas entièrement prévisible, comme le pense Darwin, mais tiendrait à la façon dont cet élan vital se développe chez chacun d'entre nous.

— Je suppose que son approche n'a pas dû plaire à beaucoup de gens !

— Eh non ! Tu imagines bien que les biologistes darwiniens l'ont trouvé ridicule et ont dénigré cette idée d'élan vital qu'ils trouvaient bidon. Mais il a aussi déplu aux théologiens, qui lui ont reproché de nier le rôle de Dieu. Cela dit, son livre *L'Évolution créatrice* a eu un succès incroyable car, quoi qu'on en pense scientifiquement, la proposition est prodigieuse : nous sommes tous créateurs de notre vie ! Il nous suffit de laisser le jaillissement surgir, sans le contraindre. C'est aussi ce que t'indique cette carte. Toutes tes questions cherchent à te ramener à cette source qui est la clé de notre évolution. On ne peut évoluer qu'en créant notre vie. C'est beau, n'est-ce pas ?

— Magnifique... J'avais lu son livre *Le Rire*, mais je ne connaissais pas bien cet aspect de son travail. Cécile m'a dit que tu ouvrais les yeux, je crois comprendre ce qu'elle voulait exprimer. En fait, je me demande surtout si tu es philosophe ou tarologue !

— Faut-il seulement choisir ?

Sixtine me fait entendre une dernière fois son pépiement d'oiseau, puis, afin de clore la séance, elle reprend les cartes et referme le jeu comme les pendrillons d'un théâtre. Je la remercie chaleureusement, et, au moment de franchir la porte, elle saisit ma main et la maintient entre les siennes avec une douceur infinie :

— Fais-toi confiance, Pénélope... Tous tes possibles n'attendent que toi.

*

Le climat de Paris au mois de mars donne l'impression d'une indécision, le soleil fait des tentatives mais ne parvient pas à aller jusqu'au bout. Je décide de marcher un peu et de remonter vers la rue de Rennes en essayant de saisir ce qui distingue Paris de Vienne. Ces deux villes tirent une partie de leur prestige des évolutions architecturales du XIXe siècle, et ici aussi, on observe la splendeur de l'Art nouveau. Je passe devant le bâtiment qui abrite l'immense magasin qu'est Le Bon Marché. J'admire ses courbes et ses façades en enfilade courant de part et d'autre du dôme central. Quelle énergie faut-il pour imaginer un espace d'une telle ambition ? Quel élan vital vient jaillir le long de cette structure ? Je me souviens avoir lu que c'est en 1852 que, galvanisés par ce Paris où tout s'invente, Aristide et Marguerite Boucicaut décidèrent d'ouvrir un commerce si foisonnant qu'il fascina le monde entier. Mais il fallut attendre les agrandissements de l'architecte Louis Charles Boileau, associé au célèbre ingénieur Gustave Eiffel, pour qu'il devienne, après un long chantier, ce prodigieux écrin de métal et de verre. Presque en face, l'hôtel Lutetia répond aux mêmes critères de conception et d'élégance, rendant hommage à cette nouvelle modernité. Ces œuvres sont le fruit d'une magie créatrice, plus spectaculaire que la science, plus sulfureuse que le divin, et ce n'est sans doute pas pour rien que les mots de Bergson y rencontrent un certain succès. Le Paris de 1900 palpite autant que Vienne, pourtant, malgré ces ressemblances, quelque chose diffère. Paris connaît la saveur du déclin et l'odeur des catastrophes, mais elle a l'arrogance de ses perpétuelles renaissances. Paris jamais ne s'incline, jamais ne se plie, sa prétention est un salut, et sa fierté, une fièvre qui la maintient en vie. C'est donc à l'angle de la rue de Rennes et de la rue du Vieux-Colombier que je décide de m'installer dans un café pour écrire ce mail, en suspens depuis bien trop longtemps.

« From : penelopedessauges@yahoo.fr
To : anaalmaida@gmail.com

Chère Ana,

Puis-je seulement t'appeler "chère" ? Tu seras sans doute surprise en voyant mon nom s'afficher dans ta boîte mail car, finalement, nous n'avons jamais échangé. Malgré tout, je ne crois pas que ce silence puisse établir une quelconque conclusion sur nos liens. Au contraire, "ce dont on ne peut parler, il faut le taire", dit Wittgenstein, et nous, je crois que nous avons eu du mal à nous dire quoi que ce soit. Tu as perdu l'homme que tu aimais, et moi, j'ai perdu mon premier amour. Que pouvions-nous ajouter à cet impossible constat ?

Pendant presque trois ans, j'ai préféré le confort de l'omission, plus pratique sans doute que la nostalgie, les suppositions, la jalousie et la violence des regrets. Mais ces dernières semaines, j'ai compris qu'il fallait parfois reculer pour avancer, et cette chorégraphie-là, je ne peux pas la faire sans ta présence. Victor t'avait choisie, et même si la jalousie m'a si souvent dévorée, je suis désormais en mesure de l'accepter.

Aujourd'hui, j'ai besoin de comprendre les circonstances de sa mort, je sais que tu peux m'y aider, et peut-être cela t'aidera-t-il toi aussi. Car qu'il s'agisse d'un amoureux, d'un père, d'une mère, d'un frère ou d'un ami, c'est quand la vie et la mort se tiennent la main que l'histoire peut continuer.

Tu sais, quelque temps après avoir revu Victor après notre séparation, j'ai compris combien je l'aimais. Je veux dire réellement, autrement que par habitude ou par convenance, et même si nos retrouvailles étaient épisodiques, et que nous avions encore besoin de temps pour grandir, pour nous aligner, pour écrire un nouveau chapitre, je sais qu'il m'aimait lui aussi. Nous avions donné à notre rupture une tout autre dimension. Pourtant, quelques mois après son arrivée à São Paulo, il est devenu un peu plus distant, et lorsqu'il a fini par m'annoncer votre rencontre et sa relation avec toi, je n'ai pas su réagir correctement. Je savais que notre histoire était finie, mais, égoïstement, je voulais rester l'unique femme de sa vie, honorer à jamais notre complicité. Qu'importe que le premier rôle soit celui d'une ex, c'était une manière de ne jamais se quitter. Ton existence a bouleversé mon scénario. C'était cliché et puéril, je te l'accorde, mais je n'arrivais pas à l'appréhender autrement que comme une trahison.

Pourquoi toi ? Et pas moi ? Le pire dans tout cela est que sa mort soudaine est venue tout geler. Et quand tu as eu le courage, voire la délicatesse, de m'écrire pour me dire que tu ne viendrais pas à l'enterrement, j'étais presque soulagée d'être aux yeux de tous la seule veuve éplorée. J'ai tout fait pour cacher ton mail, nier ta place, refuser ta souffrance. Comment ai-je pu agir avec tant de cruauté ? Comment ma sensibilité a-t-elle pu me conduire dans de tels précipices ?

Je ne sais pas si tu me pardonneras. Je ne sais pas ce que tu feras de ces mots, ni même si tu les liras. J'ai l'audace de te demander des explications car tu es la seule à les connaître, tu es la seule à savoir quels ont été ses derniers jours. Et si je ne t'ai pas posé cette question il y a trois ans, c'est parce que je n'en étais pas capable, je n'en avais pas la force. Maintenant, c'est différent. J'attends un enfant et s'il y a une chose que j'espère lui transmettre c'est que rien n'est plus précieux que l'amour. Seul l'amour relie le passé, le futur, les mondes d'ici et les mondes engloutis. Et si Victor nous aimait, alors ce fil existe aussi entre toi et moi. Je te présente toutes mes excuses pour tout ce que je n'ai pas su être, mais j'espère que nous créerons ensemble un nouvel élan de vie.

Pénélope. »

*

— Pénélope Dessauges, sur une échelle de 1 à 10, 10 étant le pire, à quel point détestes-tu les surprises ?

— Je dirais environ 9,5, mon cher Peter !

— Ça tombe hyper bien ! Parce que là, tu vois, d'ici une quinzaine de minutes, tu vas entrer dans un restaurant, pensant voir tes parents et Cécile pour un petit dîner tranquille, et en fait tu vas avoir une surprise, peut-être y aura-t-il des gens auxquels tu ne t'attends pas, peut-être même certains vont-ils chanter : *Happy birthday to you, happy birthday to you Pénélope, happy birthday to you*.

J'éclate de rire. Peter chante si fort dans la rue que les passants se retournent, amusés sans doute, par cette vision joyeuse d'un Américain à Paris.

— Je vois, peut-être même qu'il y aura un gâteau, non ? Je peux savoir pourquoi tu me préviens ?

— Pour que tu prévoies un plan d'évasion, voyons ! Non, plus sérieusement, c'est uniquement pour que tu sois hollywoodienne et que tu prépares ton plus beau sourire de surprise. Je n'ai pas envie que les photos soient ratées, tu comprends ? Nous, les Américains, nous avons le sens du spectacle ! Tu veux bien répéter la scène ?

— Oh mon Dieu ! Je suis touchée… Oh vraiment… Je… Wow… Vous tous ici…

— Pas mal, pas mal !

— Qui a eu cette brillante idée ?

— À ton avis ? Si tu trouves, tu as gagné le droit de m'embrasser.

— Cécile, je dirais. Depuis mes 4 ans, elle s'acharne à me prévoir des fêtes surprises. Je crois qu'elle adore me voir rougir et être mal à l'aise !

— Dis-toi qu'au moins tu vas pouvoir annoncer notre grossesse d'un coup à tout le monde ! Tu imagines le temps que tu gagnes ?

Peter m'embrasse et me serre contre lui. Il profite des derniers mètres nous séparant du restaurant pour faire des imitations de ma famille. Sa gaieté a tellement de panache qu'elle scintille tout autour de nous. Je repense à ma rencontre avec Sixtine et à la carte du *Monde* piochée tout à l'heure. Je m'aperçois que Peter incarne à lui seul toutes les figures autour de la femme qui danse. Il est l'offrande, le cœur, le mental et l'énergie, il est la condition même de tout jaillissement.

— Peter ?

— Oui ?

— Est-ce que tu sauras me dire si tu me trouves cruelle ? Si tu me trouves ennuyeuse ? Si tu me trouves insupportable ? Est-ce que tu sauras me le dire si tu n'es plus heureux ?

— OK, je te le dis, tu es cruelle, ennuyeuse, insupportable, autant qu'extraordinaire, merveilleuse, adorable. Je n'attends pas de toi un comportement. J'attends que tu vives, c'est tout. Et qu'on essaie de faire en sorte que vivre ensemble soit plus lumineux que vivre l'un sans l'autre.

— Peter ? Je t'aime.

— Moi aussi Pénélope Dessauges. Mais ce n'est pas une raison pour essayer de fuir ta surprise-party !

*

3 mars – Paris

C'est curieux comme les scènes de groupe ressemblent toujours à des scènes de film. L'esprit se détache, comme une caméra, pour contempler, avec une légère distance, ce qui est, et ce qui se déroule sous nos yeux. Peut-être, dans ces moments-là, saisit-on un peu mieux que d'habitude le caractère fabuleux des relations humaines et mesure-t-on la somme d'imprévus qu'il a fallu pour que tous ces personnages se retrouvent dans la même salle de restaurant : mes parents, Cécile, son amoureux, Alexandre, Théana, Tonia, Ambrosio, Manon, Katie. Si les lieux nous racontent, les gens qu'on aime nous racontent aussi. Chaque attachement porte en lui une nuance, qui toutes réunies définissent notre carnation. Ce soir, en annonçant notre grossesse, j'ai pensé que ce que je voulais transmettre à notre enfant, au-delà de l'amour infini, ce sont eux, toutes mes nuances de vie. Ce soir, je suis une femme qui danse. Ce soir, la pleine lune éclaire Paris.

Les temps modernes

Paris, mois de mars

« On ne naît pas femme, on le devient. »
Simone DE BEAUVOIR

Le monde se presse devant le café des Deux Magots. Le printemps parisien a quelque chose d'insolent : une lueur à peine, et c'est déjà l'effervescence. Les terrasses se remplissent, les chevilles se dénudent, les bourgeons éclosent. Il y a une douce sensualité dans l'air, comme si la vie ne pouvait plus contenir son désir. Je regarde les quelques arbres à côté de l'église Saint-Germain. Les feuilles poussent à l'endroit même où d'autres sont tombées, rappelant que l'éclosion est à la mesure de la disparition. Assise sur un plot en ciment, j'attends Tonia. Elle est en retard, mais je suis trop distraite par les passants pour poursuivre ma lecture des *Mille et Une Nuits*. Pourtant, je crois que, de toutes les histoires racontées, celle que je préfère est celle que je suis en train de lire. J'en suis au cinquième voyage de ce personnage prodigieux qu'est Sindbad le Marin. Ses aventures sont fascinantes. Elles sont peuplées d'êtres gigantesques, de créatures étranges, parfois mêmes malfaisantes. Toutes les rencontres auxquelles il est confronté représentent les surprises et les épreuves auxquelles on fait face au cours d'une vie. Sindbad ne se dérobe jamais, il fait toujours preuve d'humilité et de ruse, il grandit et s'enrichit, en affrontant les obstacles. Dans chacun de ses périples, c'est d'abord le recours à l'intelligence, puis la communication avec les autres, qui le sauvent et assurent son salut. Je me demande au fond si Sindbad n'incarne pas une philosophie de vie. Les yeux fermés, mon visage tourné vers le soleil, je me vois très bien construire un séjour en Méditerranée reprenant son itinéraire et louant sa détermination.

— Petite chérie ! Petite chérie ! Je suis là !

Les cris de Tonia me tirent de ma rêverie. J'aperçois sa silhouette en haut des escaliers du métro. À Paris, elle semble plus petite qu'à Athènes. Son pantalon rose et son haut vert pâle lui donnent une allure de sucrerie. Elle parvient jusqu'à moi en trottinant entre les passants.

— Eh bien alors, que fais-tu dans le métro ? Je croyais que tu venais en taxi !

— Toi aussi tu penses que je suis trop vieille pour lire une carte ? Théana et Alexandre insistaient pour me mettre dans une voiture, mais j'ai dit non, je voulais voir la ville souterraine et, tu vois, je me suis un peu trompée de sens, mais finalement j'ai réussi !

Tonia se met à rire en cascade, elle est fière d'elle et lève le menton vers le ciel pour marquer son triomphe. Je suis émue de la voir ici. Même si je lui parle souvent par message, je frissonne en retrouvant son accent chantant et ses consonnes chargées d'amour. En me tenant ainsi à côté d'elle, je me rends compte qu'en cinq ans je l'ai rarement vue ailleurs que dans son restaurant, avec son tablier, et des plats dans les mains. C'est la toute première fois qu'elle vient à Paris. Sa seule sortie de Grèce remonte à deux décennies lorsqu'elle a fait un voyage en Turquie avec Théana. Depuis, ses gâteaux à l'orange et sa terrasse ombragée ont amené le monde entier chez elle, sans qu'elle ait jamais eu à faire plus de trois pas. Mais cette fois-ci l'occasion était trop évidente. L'immeuble dans lequel se situe sa cantine est entièrement en travaux, alors quand Cécile lui a proposé d'accompagner Théana et Alexandre pour mon anniversaire surprise, elle n'a pas pu refuser tant le moment était idéal.

— Ma Tonia, je suis si heureuse que tu sois là…

— Petite chérie, c'est moi, l'heureuse. C'est toi, ma tour Eiffel !

— Je suis un peu moins grande ! Mais justement, est-ce que tu veux faire un monument en particulier ? Est-ce que tu as des choses que tu voudrais voir ou préfères-tu que je te guide ? J'avais prévu de te faire découvrir Saint-Germain-des-Prés, je pense que tu vas aimer. Certains Parisiens considèrent que c'est une sorte de village !

— Certains Parisiens n'ont jamais dû voir un vrai village ! Ils ne savent pas que, dans un village, il n'y a pas le métro ! Petite chérie, moi, je te fais confiance, je t'ai donné mes secrets de recettes, c'est à toi de me donner tes secrets de Paris.

— D'accord. Alors, viens. Viens te mettre ici à côté de moi. Regarde en face de toi. Qu'est-ce que tu vois ?

— Je vois une église avec un grand clocher !

— Oui, ma Tonia, mais pas n'importe quelle église, car figure-toi que cette abbaye date de 543 ! C'est la plus ancienne de Paris. On dit même qu'à l'époque romaine, à son emplacement, se tenait déjà un temple qui rendait hommage à la déesse Locotice, promettant l'immortalité. Tu imagines tout ce dont elle a été témoin ? À l'ère mérovingienne, elle faisait office de nécropole royale. Et en 885, elle est au cœur de la grande bataille du siège de Paris, quand la ville a été prise par les Vikings. C'est d'ailleurs à ce moment-là qu'elle est pillée, saccagée, incendiée. Au XIXe siècle, l'abbaye a été rénovée par les architectes Godde et Baltard. C'est d'ailleurs à ce dernier qu'elle doit ses magnifiques fresques et ses tableaux ; on ira visiter l'intérieur tout à l'heure.

— Alors la déesse a tenu parole ! Ce ne sont pas les gens qui sont devenus immortels, c'est l'abbaye elle-même !

— Tu as raison, elle est un emblème de Saint-Germain-des-Prés, on la voit sur toutes les photos et les cartes postales qui décrivent le quartier. Maintenant, viens, retourne-toi.

— J'aime bien cette visite où l'on tourne sur soi-même !

— Que vois-tu ?

— Je vois des gens assis dans un café et qui ont l'air de prendre l'existence très au sérieux.

— Ça, c'est sûr ! Et tu ne crois pas si bien dire, tu vas comprendre pourquoi... Tu as en face de toi un autre symbole de Saint-Germain ! Le café des Deux Magots !

— Qu'est-ce que c'est qu'un magot ?

— Installons-nous à l'intérieur pour boire quelque chose, je vais t'expliquer.

Tonia écarquille ses yeux. J'ai l'habitude de guider, d'expliquer, de raconter, mais l'exercice est bien plus savoureux quand l'interlocuteur manifeste son intérêt, lorsqu'on peut lire la curiosité sur son visage. C'est le cas avec Tonia ; elle est captivée par tout ce que je mentionne. Théana et elle sont si différentes qu'on peine à les imaginer mère et fille, et pourtant, dès qu'il s'agit d'apprendre, dès qu'il est question de plonger dans l'histoire, elles font preuve d'un engagement total. Je me demande si ce n'est pas cela la filiation, le partage d'une même nécessité. Nous nous asseyons dans un coin tranquille pour que Tonia puisse contempler toute la salle.

— Tu vois les deux figurines chinoises derrière moi ? Eh bien, ce sont eux les deux magots ! Au XIXe siècle, les statuettes ornaient la façade, à l'entrée de ce qui était alors une boutique de lingerie. Mais en 1885, le magasin devient un café où tous les écrivains célèbres de l'époque se retrouvent. Il y a des poètes comme Verlaine, Rimbaud, Apollinaire...

— « Sous le pont Mirabeau coule la Seine » ! Je l'ai appris en classe de français !

— Oui, bravo ! En plus des poètes, il y a aussi des artistes issus de toutes les disciplines. Jacques Prévert, Pablo Picasso, André Gide, Ernest Hemingway, et tant d'autres encore. C'est une sorte de repaire pour la création. Le Paris littéraire et artistique se partage entre ici et le Café de Flore. Ce n'est pas du snobisme, c'est plutôt l'idée qu'entre ces murs se dessine une époque. Tous ces illustres se croisent, échangent, partagent, débattent, et cela sur des décennies...

— J'aimerais bien que Picasso vienne boire un café avec nous !

— Et dans toutes ces personnes, il y a aussi les existentialistes ! On peut même dire que c'est ici, entre 1945 et 1955, que cette philosophie est devenue un mode de vie. Tu connais Jean-Paul Sartre et Simone de Beauvoir, non ?

— Bien sûr, eux aussi étaient dans mon manuel de français. D'ailleurs, je voulais me mettre un turban comme elle dans les cheveux.

— Ce sont eux, les existentialistes. C'est assez simple à comprendre. Pour Sartre, l'homme est le résultat des différents choix qu'il fait tout au long de sa vie. En somme, la liberté humaine est totale et inaliénable. Et cette liberté totale a une conséquence, c'est que l'homme est entièrement responsable de ce qu'il est. Il ne peut donc pas invoquer des causes extérieures qui justifieraient ses actes. Bref, on est condamné à être libre.

— Si on se plante, c'est notre unique faute ? J'ai bien compris ?

— C'est ça. Pas la peine de se justifier... Dans les années 1930, Sartre ne s'implique pas trop politiquement, mais en 1944, après avoir été prisonnier de guerre, il décide, avec Simone de Beauvoir, de fonder une revue, *Les Temps modernes*. C'est ici, dans ce café, à la libération de Paris, qu'ils vont réunir tous les intellectuels du moment, des philosophes, comme Merleau-Ponty, des éditeurs, comme Jean Paulhan, des ethnologues, comme Michel Leiris. Leur idée est claire. Les intellectuels doivent assumer leurs responsabilités et améliorer la condition humaine.

— Bah dis donc ! Rien que ça ! Et comment vont-ils s'y prendre, à part boire du café en terrasse ?

— Ils vont utiliser leur revue pour parler de tous les grands débats de la société. Un peu comme une caisse de résonance. L'anticolonialisme, le marxisme, le féminisme... Tous les sujets qui secouent la sphère des idées vont passer entre leurs pages. Tu comprends pourquoi c'est un mode de vie, ça va plus loin qu'une théorie philosophique. Simone de Beauvoir dit qu'on ne peut pas mener une vie correcte dans une société qui ne l'est pas.

— Et c'est pour ça qu'elle lutte pour les femmes ?

— Oui, mais plus qu'une lutte, dans son livre phare *Le Deuxième Sexe*, qu'elle publie en 1949, elle veut surtout montrer les causes qui ont laissé croire que les femmes étaient inférieures... Et puisqu'elle est aussi existentialiste, elle veut défendre l'idée qu'aucune femme n'a de destin tracé !

— Toi, petite chérie, tu es existentialiste !

— Toi aussi ! Tu as vu tout ce que tu as fait dans ta vie ?

Le visage de Tonia est parcouru par toute une gamme de légers froncements, on dirait que des images éparses s'affichent devant elle. Je reste en silence quelques secondes, craignant de troubler sa projection intime. J'avais prévu de l'emmener ici et de lui parler de l'existentialisme, mais je n'avais pas mesuré la portée de ces derniers mots, qui, au-delà de leur contexte, s'adressent si profondément à nous.

Que faisons-nous de notre liberté ? Si, comme le dit Jean-Paul Sartre, l'homme ne se définit ni par sa naissance, ni par son inconscient, ni par une volonté divine, mais uniquement par ses actes, alors c'est à chaque seconde que nous réaffirmons qui nous sommes, et nous n'avons pas besoin d'aventures aussi folles que celles de Sindbad pour nous retrouver, à chaque pas, face à nos décisions les plus décisives.

— Tonia, je peux te poser une question ?

— Bien sûr, petite chérie, mais pourquoi cet air si grave ? Ne fronce pas ta jolie tête !

— Pourquoi tu ne parles jamais du père de Théana ?

C'est étrange comme certaines questions nous paraissent taboues jusqu'à ce qu'on les pose. Tonia me regarde intensément, ses pupilles s'infiltrent au cœur de mes iris. Il n'y a ni colère ni nervosité dans ses yeux, juste une absolue présence. Même les tables et les chaises de ce café historique semblent s'effacer au profit de l'instant. Elle déglutit longuement, puis pousse un long soupir, qui se transforme en sourire.

— Petite chérie, je me demandais quand tu allais finir par me la poser cette question ! C'est une journée à histoires, on dirait ! Alors, puisque tu la demandes, voici la mienne. Mais pour l'entendre il faut remonter il y a longtemps, pas aussi longtemps que les Vikings de ton abbaye, mais longtemps quand même.

À cette époque, je ne vivais pas à Athènes, mais à Thessalonique. Tu y es allée une fois, je crois. Aujourd'hui, il y a quelques touristes, mais autrefois, la ville était inconnue de tous. Tout était antique autour de nous, des traces de l'Empire byzantin se trouvaient à chaque coin de rue et la mer Égée s'étalait à perte de vue. Mes parents étaient pauvres, je le sais aujourd'hui, mais enfant, je n'avais pas cette idée-là, tu vois, je ne m'en rendais pas compte. Mon père pêchait, ma mère préparait des spécialités qu'elle vendait sur un petit stand au port. Elle était la reine des *trigona panoramatos*, oh, tu aimerais ça, toi, des petits chaussons fourrés à la crème. Elle faisait aussi des *bougatsa*, des sortes de feuilletés au fromage. Avec ma sœur et mon frère, on l'aidait à fabriquer, et en grandissant, on a parfois vendu à sa place, surtout quand il commençait à faire très chaud. Tu vois, c'était comme ça. On allait tôt le matin en classe, l'après-midi, on aidait notre mère, et le soir, on mangeait ce qu'il restait en attendant mon père. Le dimanche, on traînait dehors et nos parents jouaient aux dés avec les voisins en buvant de l'ouzo et en discutant. Il n'y avait pas les Deux Magots, mais eux aussi débattaient de tout. J'avais l'impression que tout serait comme ça pour toujours. Je voulais reprendre les recettes de ma mère et ouvrir un restaurant. En grandissant, je suis tombée amoureuse de Zéno, il était au lycée avec moi. C'était le meilleur du cours de français, c'est grâce à lui que j'ai appris, je travaillais dur pour l'impressionner ! On allait se promener ensemble, on s'embrassait sur la plage, on écoutait de la musique. J'étais tranquille avec lui, et ma famille l'aimait bien. Sauf que tu sais comment sont les choses, n'est-ce pas ?

— Oui...

— Un matin du mois de juin, je remplaçais ma mère sur son stand, lorsqu'un homme est arrivé. Je l'avais remarqué un peu plus tôt parce qu'il était le seul en costume alors qu'il faisait un terrible soleil, un soleil qui te fait griller la tête ! Il s'est approché de moi, et m'a commandé plusieurs choses avec un fort accent des Balkans. Nous avions depuis trois ans rejoint l'Union européenne, mais en Albanie, en Bulgarie, en Roumanie, en Yougoslavie, c'était encore le rideau de fer, et ce n'était pas si facile de voyager. Ça m'intriguait, bien sûr. Surtout qu'il était très beau, avec des yeux verts, très chic, et très différent de ce que je connaissais. Je l'ai laissé partir sans parler, mais le lendemain, j'ai repris le stand avec l'espoir qu'il revienne. Et il est revenu. Et comme ça pendant quarante-six jours. Crois-moi, je les ai comptés, ces temps bénis !

— Mais alors ? Qui était-il ? Que faisait-il là ?

— Ne sois pas si impatiente, petite chérie ! C'est moi, le guide de la visite ! J'aimerais bien un autre café, tiens...

— Je te le commande.

— En fait, je ne savais pas ce qu'il faisait. Le troisième jour, il m'a dit être en voyage pour son travail, mais qu'il ne souhaitait pas en parler. Je ne voulais pas le contrarier, je n'ai pas cherché à en savoir plus. Je savais que je lui plaisais. Le matin, il passait de plus en plus de temps à discuter avec moi. Et après nous avons commencé à nous voir le soir. On parlait de littérature, de voyages, d'idées ! Pour la première fois, je n'étais pas la fille de mes parents ou l'amie de Zéno. Il me demandait mon avis, me lisait des poèmes en allemand, j'étais enfin une jeune femme, et plus une enfant. C'est peut-être bête, mais tu deviens aussi quelqu'un selon la façon dont les gens te voient. J'aimais être vue comme ça. Je n'étais pas stupide, je savais bien que cette histoire romantique allait avoir ses limites, mais je découvrais des choses sur moi qui me donnaient envie de poursuivre nos rencontres.

— Mais que disait Zéno ?

— Il était un peu jaloux évidemment, il l'avait aperçu au port. Mais il ne se rendait pas tout à fait compte de ce qu'il se passait, c'est un moment où il travaillait tout le temps pour les études. Je donnais des nouvelles pour ne pas le contrarier. Mes parents, en revanche, étaient plus inquiets. J'étais grande et ils n'étaient pas autoritaires, mais cet homme représentait le monde, ce monde qui basculait, petite chérie… Quelques années plus tard, tout ce que nous connaissions, toutes les frontières, les forces politiques, les idéaux allaient être morcelés, un souffle immense de liberté se levait. Et sans vraiment le voir, nous étions au bord d'une falaise, prêts à sauter. Bon, tu imagines bien que, de jour en jour, on s'est rapproché. On est devenu... très... comment tu dis ça ici ? Très liés ! Je n'avais pas trop d'idées de ce que ça allait donner. J'étais bien, quoi, c'est tout. Et puis, le matin du quarante-sixième jour, il n'est pas venu. J'ai attendu plusieurs semaines. Mais je savais que je ne le reverrais pas. Tu te doutes de la suite. Deux mois après j'ai compris que j'étais enceinte. J'ai tout raconté à Zéno. Il était très triste, il a voulu m'épouser, mais je n'avais pas envie de ça. Alors j'ai écrit une longue lettre à mes parents, qui ont mis du temps à me pardonner, et je suis partie. J'ai traversé toute la Grèce. Je te montrerai une fois, j'ai une boîte avec les photos de tout ça. On me voit avec mon gros ventre à Sparte, à Argos, à Corinthe. J'ai rencontré tant de gens ! Et puis, finalement, pour accoucher, je suis arrivée à Athènes. Les premiers jours avec Théana ont été les plus difficiles de toute ma vie. Je trouvais qu'aucun de mes gestes n'était bon. Mais cette petite était déjà une guerrière et à chaque pleur, à chaque sourire, elle me poussait à agir. Alors j'y suis allée. J'ai commencé dans un restau à faire mes recettes, et puis j'ai travaillé, travaillé, travaillé, et la suite tu la connais.

— Mais attends, il est passé où, cet homme ? Tu n'as jamais eu de nouvelles ?

— Non, ça fait trente-sept ans.

— Tu n'as jamais été triste ? Tu n'as pas été en colère ? Théana le sait ?

— Oui, elle sait tout. Tu sais, petite chérie, je ne fais pas la morale, je ne suis pas philosophe, moi, mais je vais te dire ce que je pense : on peut décider de qui on est. Cet homme m'a montré qu'il n'y a pas de buts à atteindre, juste des choses à faire et à ressentir. Tu voudrais que je te dise que j'étais une femme abandonnée ? Je ne l'ai jamais vu comme ça. J'ai fait ce que je voulais. Et regarde comme je suis fière de tout ça. J'ai été et je suis libre. C'est pareil pour Théana. Même avec ses jambes qui ne marchent plus, elle est libre. Et moi je veux que tu sois pareil. Je sais comment est ta tête, je sais ce que tu mets dedans, je t'ai vu à ton anniversaire. Tu as peur parce que tu crois qu'il faut ceci ou cela pour être une bonne mère. Mais tu t'enfermes toute seule. Ton bébé n'attend rien de toi. Il attend juste que tu sois libre et que tu agisses comme tu veux agir.

— Tonia, comment s'appelle cet homme ?

— Dragomir.

— Mais c'est le nom de ton chien !

— Et bah quoi ? On n'a plus le droit de rire ?

Que savons-nous des autres avant de leur demander qui ils sont ? La salle résonne des éclats de voix qui viennent la charger. Tonia commande un macaron à la framboise et s'extasie en voyant le plateau d'argent sur lequel il est présenté. Elle a refermé l'espace de discussion. Peut-être n'avais-je jamais posé la question avant pour la simple et bonne raison que j'avais besoin d'entendre la réponse entre ces murs existentialistes. La Tonia de Thessalonique est encore parmi nous, solide et sans excuse, comme Théana, comme ceux qui, assis ici, ont voulu découvrir ce qu'il y avait de l'autre côté de la falaise.

*

— Si tu ne veux pas avoir l'air d'une meringue, prends la jaune !

— Non mais rappelle-toi qu'elle épouse un Américain, quand même, moi je pense qu'il faut un truc plus californien, genre bustier et dentelle.

— Et un voile, c'est joli, un voile, non ?

— Calmez-vous, elle sera enceinte de sept mois le jour du mariage, donc la robe blanche, c'est quand même un peu ridicule.

— Peter pourrait nous aider, non ? Il a tellement bon goût !

— Alex, t'en dis quoi, toi ?

— La jaune, c'est bien, non ? C'est le soleil, c'est la Méditerranée.

— Ou alors rouge, c'est sexy.

— Non mais Cécile, on ne va pas marier ma fille en rouge quand même !

— Sinon nous avons aussi ce modèle doré…

— Pénélope ? T'en penses quoi ?

Ma mère, Cécile, Tonia, Théana, Alexandre et la vendeuse se tournent tout à coup vers moi. Et en me voyant dans la glace, avec mes baskets, ma robe jaune, et mon voile en dentelles, tout le monde se met à rire aux éclats. Après avoir marché cinq heures dans Paris en compagnie de Tonia, la perspective d'essayer des robes de mariée me semblait encore plus pénible que d'habitude, mais entendre leurs bavardages change n'importe quelle donne. Leur présence fait éclore la joie, ils sont mon printemps, ils ravivent chaque couleur et aiguisent ma malice.

— Et une toge ? Je pourrais peut-être me marier en toge, non ?

Leur hilarité se mêle à une autre salve de suggestions. Toute la boutique y passe. Une robe en satin ocre, un smoking blanc, une traîne de princesse. Tout est prétexte au déguisement, bien plus qu'au verdict. En me rhabillant une dernière fois dans la cabine d'essayage, je saisis mon portable et découvre un texto de Peter : « Mon amour. J'ai du nouveau pour São Paulo. Je t'en parle ce soir. En attendant, n'écoute personne pour ta robe de mariée ; moi, je veux bien que tu te maries toute nue. »

*

5 mars – Paris

Il fait nuit noire. Je n'arrive pas à dormir. Je pense à Dragomir. Qu'est-il devenu ? Est-ce que lui aussi a vécu libre ? Demain, nous prendrons nos billets pour São Paulo. Peter a trouvé quelqu'un qui a travaillé sur le dernier chantier de Victor. Je ne sais pas ce que cela signifie d'écrire cela. Dans Les Mille et Une Nuits, *j'ai retenu ce passage : « Notre nef, soulevée avec violence, alla bientôt se fracasser sur une barre de rochers à fleur d'eau où elle se déchira en cent morceaux. Pièces de charpente, ballots de marchandises, bagages, passagers, équipage : tout fut en un instant précipité à la mer. J'avais pour ma part eu tout juste le temps de me dévêtir, ne gardant sur moi qu'un mince bout d'étoffe, afin de nager plus à mon aise. […] "Sindbad, ô Marin, quand te repentiras-tu, quand renonceras-tu à ces voyages ! À chaque fois, tes peines et tes souffrances sont telles que tu en viens bien vite à regretter d'être parti, et tu jures de ne jamais plus embarquer sur la vaste mer ! Mais tu te mens à toi-même jusque dans ton repentir, car c'est, au fond, de ton plein gré que tu vas au-devant de tous ces tourments dont tu sais parfaitement qu'ils te feront souffrir !" »*

Sindbad, lui aussi, est condamné à être libre. Et moi ?

L'œuvre d'une vie

Genève, mois d'avril

« Le langage reproduit le monde,
mais en le soumettant à son organisation propre. »
Ferdinand DE SAUSSURE

« From : anaalmaida@gmail.com
To : penelopedessauges@yahoo.fr

Pénélope,

Je ne sais si tu es déjà venue au Brésil. Je ne crois pas. Mais peut-être que je me trompe, car finalement, on ne fait qu'avancer d'hypothèse en hypothèse, jusqu'à ce qu'un jour quelqu'un rétablisse la vérité. Toujours est-il qu'avant de t'écrire quoi que ce soit, j'aimerais un tout petit peu te raconter le Brésil. C'est un pays singulier, comme tous les pays sans doute, mais je crains que ses énigmes soient encore un peu plus épaisses qu'ailleurs, et qu'elles nous concernent toi et moi.

On dit souvent que cette terre est celle de la démesure. Le matérialisme vient y défier le mysticisme, le faste du carnaval y côtoie la misère des favelas, la ferveur chrétienne y est bousculée par les transes animistes, les fortunes industrielles y frôlent l'insoluble pauvreté, et même en architecture, le baroque colonial de Salvador s'oppose aux projets futuristes de Brasília. Chaque kilomètre carré ébranle nos certitudes, nous fait tanguer de gauche à droite, perdre notre équilibre et nos repères. Et ces contradictions ne dépendent pas seulement des créations humaines, la nature elle aussi témoigne de ces discordances : la sécheresse dans le Sertão laisse place aux marécages du Pantanal, et la puissance des chutes d'Iguaçu bouscule l'Amazone infinie. Tu sais, je pourrais continuer longtemps, ici tout n'est que contrastes et excès. Au fond, je crois que le Brésil ne sait pas qui il est, c'est un pays qui se cherche, incapable de déterminer à *qui* ou *quoi* il doit sa fidélité. Mais malgré tous ces fragments épars, tous ces paradoxes insensés, on vit. Et on y vit plutôt intensément.

Ce n'est pas pour rien que notre histoire commence dans ce contexte-là. Pas l'histoire de Victor et moi, ni celle de Victor et toi, mais la nôtre, celle de Pénélope et d'Ana. Car, après tout, nous sommes les deux héroïnes d'une tragi-comédie dont l'acteur principal a quitté le plateau avant même que le film ne commence.

La première fois que j'ai dîné avec Victor, tu étais déjà là. Là autour de l'assiette, là près du verre, là dans le creux de sa fourchette, là dans vos milliers de souvenirs en commun. Il évoquait sans cesse votre séparation, mais tous ses mots, ses gestes et ses envies s'articulaient autour de toi. Il n'y avait pas de rivalité possible. La jalousie m'aurait condamnée à une disparation assurée. Pour que notre amour s'enracine, pour qu'il se déploie sur ce continent sauvage, il fallait être *autre*, une tout *autre* que toi. Il fallait accepter ta présence pour que ton absence ne nous étouffe pas. Il fallait le courage de mes certitudes pour dissimuler tes doutes. Il fallait inventer l'avenir pour rendre le passé moins palpable. Et sans prétention aucune, je crois avoir réussi cet impossible pari. Car lorsqu'on grandit dans les contrastes, on s'habitue à trouver de la beauté dans l'alternance du noir et du blanc.

C'est comme ça que nous avons peu à peu commencé à installer ce qu'on appelle sans doute « une vie de couple », un quotidien construit et stable, où chaque membre accepte, avec détermination, de jouer la partition qui lui est attribuée. Nos journées étaient chargées mais heureuses. Victor rencontrait beaucoup d'interlocuteurs, la mise en place du chantier prenait du temps et le stressait beaucoup. De mon côté, je poursuivais mes traductions pour différentes institutions internationales, devant parfois assurer des séances tardives, qui m'amenaient à rentrer au cœur de la nuit. Malgré ce rythme, notre amour s'épaississait, et nous nous étions habitués à regarder avec tendresse l'existence qu'il avait laissée en France.

Tu pourrais presque croire que je t'écris une carte postale, que je dessine un tableau idyllique, cherchant à enjoliver toute cette partie de vie qui t'a échappé, tous ces mois sans toi. Sauf que c'est loin d'être si simple que ça. Car au fil du temps, Victor est devenu de plus en plus étrange, souvent inattentif et ailleurs, comme propulsé dans un autre monde. Étaient-ce les soucis liés à l'ampleur du projet qu'il bâtissait ? De la nostalgie pour d'autres possibles ? Ou était-ce *quelque chose en lui*, que nous n'avons pas voulu voir toi et moi ? Une ombre tapie dans son esprit qui l'engloutissait parfois ? Qui était-il réellement ? Un homme lumineux, brillant et doux ? Un homme hagard, absorbé par des pensées qui n'appartenaient qu'à lui ? Un homme amoureux de moi, de toi, de nous deux ?

Je n'ai pas eu le temps de répondre à ces questions. La suite, tu la connais. Un soir de printemps, on m'a appelée pour me dire qu'on avait retrouvé son corps, écrasé au sol à quelques kilomètres du chantier. J'étais le dernier numéro composé dans son téléphone.

Alors je te comprends, Pénélope. Je n'arrivais jamais à dire mon chagrin. Je me suis repassé ces semaines, ces mois, ces jours, des centaines de fois. J'ai essayé de saisir ce que signifiait tout cela, mais à force de tourner en rond, j'ai décidé d'arrêter, et de faire de Victor une énigme à la mesure de ce pays : un être de sommets et de gouffres, un être de contrastes et d'excès, un être avec qui nous n'avons pas *pu*, ou pas *su*, continuer, ni toi ni moi.

Le chantier n'a jamais vu le jour. Mais notre fille, oui. J'ai accouché cinq mois après sa disparition. Elle s'appelle Janaína. Et je crois que nous serions très heureuses de te rencontrer et de poursuivre ce film à tes côtés.

Tu ne connais pas le Brésil, mais peut-être connais-tu l'une de ses devises : "À la fin tout s'arrange" ; en portugais *No final tudo dá certo*. Tel est, il me semble, le secret de la survie.

Je t'embrasse,

Ana. »

*

— Je t'avais dit que tu allais adorer cet endroit !

Sophie surgit à la seconde même où je termine de lire le mail d'Ana. Rien dans mon attitude ne laisse voir le cataclysme émotionnel qui vient de m'assaillir. Je suis installée aux Bains des Pâquis, l'endroit charmant où elle m'a donné rendez-vous. Cette installation de bains publics est située sur la rive droite du lac Léman. Autour de moi, des visiteurs viennent se prélasser à la buvette tandis que d'autres plongent dans le lac directement après être sortis du sauna. L'atmosphère printanière correspond bien à la vie genevoise. Les rayons de soleil éclairent la surface de l'eau, l'ambiance est sereine. Juste à côté de mon transat, un groupe de jeunes gens aux cheveux châtain affichent des corps solides et sains. Ils s'embrassent, plaisantent, réchauffent l'air en sautant dans l'eau, et en remontant par l'échelle aussi rapidement qu'ils sont descendus. Je suis éblouie par leur fougue, par ce dynamisme infatigable. Leurs visages se mêlent aux paroles d'Ana. Victor a été un jeune homme comme ceux qui s'agitent devant moi. Il a ri, il a joué, il a déplié ses bras et ses jambes pour nager. J'ai participé à ce spectacle-là. Mais avais-je conscience qu'il s'agissait d'une scène ? Avais-je conscience que quelque chose pouvait se jouer en coulisses ? Ce qu'il y a de plus bouleversant dans le message d'Ana, ce n'est pas seulement le fait que Victor ne m'a pas dit qu'il allait devenir père, c'est l'idée qu'il puisse avoir été quelqu'un que je ne connais pas, quelqu'un dont j'ignore les mécanismes et les préoccupations, et quelqu'un qui échappe à mes souvenirs.

L'amour suppose la connaissance, et même lorsque l'histoire se termine, l'amour a besoin d'identifier avec assurance ce qu'a été l'autre, comme si ces vérités étaient des prises solides, permettant aux liens de durer pour l'éternité. En quelques paragraphes, Ana fait tout voler en éclats. Elle pointe du doigt des zones inconnues. Elle m'ensevelit sous des « pourquoi » encore plus lourds que ceux que j'avais déjà. Pourquoi ce comportement étrange ? Pourquoi ces non-dits ? Pourquoi de nouveaux silences après ceux que nous avions déjà traversés et dont nous étions sortis ? Ana me laisse face à la plus inconfortable des interrogations : qui était Victor ? Est-ce qu'il va falloir remuer la terre à mains nues, reconstituer son squelette et épousseter des fossiles pour comprendre ce qui l'animait ? Est-ce que sa fille porte en elle les réponses qu'il ne peut plus nous donner ? Est-ce que je vais supporter de voir, en chair et en os, l'enfant que nous n'avons pas eu ensemble, et qu'il a fait avec une autre ?

— Eh, ça va ? T'as l'air bizarre ! J'arrive, je vais me chercher un café. Tu veux un truc ?

Depuis notre rencontre dans un train allemand, il y a plusieurs années maintenant, la présence de Sophie me fait toujours le même effet. Sa consistance me rassure. Son pragmatisme est le socle le plus solide qui soit quand tout semble flou.

— J'espère surtout que t'es prête à nager, elle est froide, mais ça fait trop de bien !

J'ai mis mon maillot de bain, mais je n'ai pas retiré mon sweat. C'est curieux d'être enceinte de trois mois, c'est comme un point de basculement. Le corps se prépare à révéler au monde entier ce qui se passe dans ses entrailles. Sous un pull ample, la grossesse se cache encore timidement, mais dans la chair tout est déjà là. Mes nausées se sont apaisées, et j'ai la sensation de me remplir d'une vigueur inconnue, même si mes peurs sont toujours bien présentes. Je ne parviens pas à imaginer ce que ça représente de donner la vie. Et si je n'y arrivais pas ? Et si mon bébé ne parvenait pas à faire ce long chemin qui nous conduit du néant à la lumière ? Et si je détestais être mère ? Comment donner naissance à autre chose que moi ? Je suis hantée par ces questions qui s'ajoutent à toutes les autres, sauf que depuis quelques jours, dans ces moments d'alerte, c'est désormais mon corps qui répond à mon esprit. Mes jambes s'enfoncent dans le sol. Mon bassin m'ancre. Je ne peux rien maîtriser de ce qui se passe en moi, mais j'accepte de n'avoir pas d'autre choix que la confiance. Je dois croire au processus, laisser mes cellules s'agencer, et faire ce qu'elles savent faire depuis des millénaires.

— Mais c'est fou, ce monde ! Je n'en ai jamais vu autant ici. Ce n'est pas Genève, c'est la Côte d'Azur au mois d'août ! En même temps, je les comprends, avoue que c'est quand même super cool comme endroit. Je changerais juste la musique, quoique ce morceau n'est pas mal. Tiens, je t'ai pris de l'eau gazeuse. Bon, comment tu vas ? Au fait, tu ne voulais pas un cookie ?

Sophie a gardé de son métier de DJ l'habitude des pulsations. Ces paroles sont saccadées, elles découpent la réalité en petits morceaux de vie tourbillonnants autour de nous.

— Tu ne t'es jamais dit que tu ne connaissais pas vraiment les personnes qui t'entourent ?
— Ça commence bien ! J'aurais préféré que tu me réclames un cookie ! Tu sais, jusqu'à ce que j'arrive ici, j'ai passé plus de temps avec un casque sur les oreilles à écouter de la musique qu'à parler à des gens, donc je n'ai pas vraiment ce genre de problème. Pourquoi ?
— Celui que j'appelais « mon Victor » n'était peut-être qu'une invention. Est-ce possible que le Victor que j'ai aimé n'ait rien à voir avec celui de São Paulo ? Est-ce possible que

tout ce que j'ai projeté sur lui vienne de moi et non de celui qu'il était vraiment ?

— Je vais te raconter un truc. Depuis que je suis toute petite, j'adore les tartes aux framboises. Et comme chez moi on aime les traditions, à chacun de mes anniversaires, je voyais arriver sur la table une tarte aux framboises. Parfois même plusieurs jours de suite, parce que tout le monde s'y mettait, mes oncles et tantes, mes grands-parents... De belles tartes, faites avec amour. Bref, c'était entendu que « Sophie raffole des tartes aux framboises », et c'était vrai. Sauf qu'un jour, je me suis mise à rêver de souffler mes bougies sur une forêt noire ou même un crumble aux abricots. Et vers 17 ou 18 ans, j'ai osé dire que j'aimerais profiter d'une autre saveur. J'ai lu l'incompréhension dans les yeux de mes proches, comme si je les trahissais. Ma remarque avait créé une anomalie dans leur cerveau. Évidemment, j'ai regretté d'avoir dit ça. Alors qu'au fond je voulais juste signifier mon besoin de découverte, et non pas nier mon amour des framboises. T'as compris ce que je voulais dire ? On choisit tous de raconter une histoire. Et puis de temps en temps, quand l'histoire nous semble trop entendue, on a envie d'en changer. Et c'est là que les difficultés commencent, parce que parfois nos proches trouvent que l'histoire d'avant était mieux, et ils réclament qu'on la raconte de nouveau. C'est pareil dans la musique, il y a des disques que tu as tellement écoutés qu'ils te filent la nausée, mais c'est sur ceux-là que tout le monde veut danser.

— Tu crois que Victor n'a plus donné de nouvelles parce qu'il avait envie de changer de disque et qu'il ne pouvait pas le faire avec moi ? Parce qu'il redoutait mon regard ? Je n'ai pas réussi à lui donner suffisamment confiance ?

— Je n'en sais rien, et tu ne le sauras pas non plus. En tout cas, je ne pense pas que ce soit une question de connaissance ou d'ignorance. C'est une affaire de mise à jour qu'on oublie de faire sur les autres. Regarde ces ados en train de sauter. Tu as connu Victor à cet âge-là, n'est-ce pas ?

— Oui, à peu près.

— Et tu ne crois pas qu'ils vont changer mille fois d'ici leurs 35 ans ? Ils ne sont pas en train de jouer la comédie, ce qu'ils vivent n'est pas un mensonge, simplement, ils vont évoluer et se structurer autrement. Et ce n'est pas toujours facile à suivre. Il y a cinq ans je ne dormais pas, et je passais mes nuits dans des clubs à faire danser des foules à travers l'Europe, et me voilà aujourd'hui à Genève à étudier la linguistique en me couchant avant minuit. Des tas de personnes autour de moi n'ont pas compris ce qui me prenait et je n'ai pas vraiment su l'expliquer non plus. C'est pareil pour toi. Tu n'es pas la même femme qu'auparavant. Tu vas te marier, tu vas avoir un enfant, tu as construit une entreprise, tu n'es pas la jeune femme tremblante et fébrile que j'ai connue dans un train berlinois. On a tous nos tartes aux framboises, Pénélope. C'est sûr qu'en partant à São Paulo, Victor est devenu un autre, mais cet autre ne rend pas tes souvenirs caducs. Son accident ne t'a juste pas laissé le temps de comprendre qui il était désormais. Alors à toi d'essayer de le saisir sans sa présence. Bon, tu viens ? On va sauter nous aussi ?

Sophie m'entraîne jusqu'au bord des planches, elle me prend la main, et me la serre jusqu'à ce que l'on plonge. La froideur d'avril saisit ma peau, le sang jaillit dans mes jambes, les picotements envahissent toute la surface de mon corps. La main de Sophie n'a pas quitté la mienne. Nous traçons de grands ronds dans le lac, actionnant d'invisibles vélos. Dans l'eau, tous nos mouvements gagnent en grâce et en fluidité. Nous sommes ces poissons qui, depuis l'aube de l'humanité, survivent à la mesure de leurs transformations. En apesanteur, nous recollons, Sophie et moi, tous les morceaux de nos vies.

*

— À quelle heure arrive Katie ?

— Elle atterrit dans une heure et elle nous rejoint.

— Super, ça me laisse le temps de te montrer une ou deux choses.

On sort des Bains des Pâquis les cheveux encore trempés par notre plongeon. J'essore mes longueurs avant de les attacher en chignon. Une vision de ma classe de primaire me revient à la seconde où je glisse ma serviette humide dans mon sac. Nous allions à la piscine municipale, chaque semaine, une bonne partie de l'année. Ces séances hebdomadaires étaient ambivalentes, elles condensaient la joie de sortir de l'école, de faire autre chose que de rester devant une table, mais elles ne faisaient pas l'économie des contraintes, des courants d'air dans les vestiaires, des pieds sur le carrelage, de la gêne d'être en maillot, ou, sur le chemin du retour, des chaussettes trempées dans les baskets. Ma sensibilité accentuait ce que certains considéraient à peine. Alors, pour éviter d'être jugée, pour éviter d'être l'enfant maniéré qui ne sait pas s'amuser simplement, je demandais à mes parents de m'emmener à la piscine le plus souvent possible, je développais des techniques de déshabillage éclair, je me jetais dans le bassin de toutes mes forces, j'accentuais mon enthousiasme, je voulais dompter mon esprit. Et je crois que j'ai agi de cette façon pour bien des événements de mon existence.

J'ai tellement peur de mes émotions que j'aimerais maîtriser les choses avant même de les vivre. À défaut, je dois construire un cadre familier pour les supporter, apprivoiser la réalité pour la traverser. Ça a toujours été le cas, même dans mes multiples voyages, je ritualise pour ne pas être débordée, pour ne pas entendre mon cœur s'emballer. Je reproduis des gestes quotidiens. Je me construis mes repères pour ne pas être submergée, pour ne pas m'évanouir. C'est sans doute pour cela que j'aime *Les Mille et Une Nuits* : Shéhérazade nous emmène à travers les mers et les récits les plus étranges, mais quoi qu'il arrive, chaque matin, elle répète, quasiment à l'identique : « Sire, le jour commence à paraître », demandant l'autorisation implicite de poursuivre le lendemain. La fureur de ses histoires trouve un répit, dans la structure fixe et immuable de la nuit et du jour. Shéhérazade change elle aussi, mais il y a un cadre qui lui permet de retrouver ses appuis, comme celui de la bicyclette dont la fixité autorise le mouvement des roues. Le problème avec la mort d'un amour, ou la naissance d'un enfant, c'est que, quand on y est confronté, il n'y a plus aucun repère ; même la nuit et le jour se brouillent. Les émotions sont trop intenses, trop fortes, on n'est plus à l'abri, et aucun entraînement ne nous protège de la déflagration. C'est l'intensité ultime. Le trou noir. La faille spatiotemporelle. Ce n'est pas une question de malheur ou de bonheur, c'est la plus foudroyante des énigmes qu'il faut accepter. Pourquoi vit-on ? Pourquoi meurt-on ?

Sophie m'attend devant la porte, son sac sur le dos, les pieds plantés dans le sol. À l'aise dans n'importe quel élément.

— Si tu ne m'avais pas poussée à reprendre mes études ici, j'aurais continué à croire que Genève n'est qu'un luxueux cocon d'ennui. Et maintenant que je les ai terminées, je suis presque tentée de rester.

— Tu ne m'as pas raconté ce que tu allais faire maintenant. Tu ne veux pas continuer à l'université ?

— J'ai eu mon diplôme, et je continue à approfondir mes lectures en linguistique, mais tu sais comment je suis, j'ai besoin d'expérimenter pour apprendre. Je réfléchis à ce dont j'ai envie. Tu vois cette vieille ville ? Les maisons et les ruelles se blottissent au pied de la cathédrale Saint-Pierre. 157 marches mènent au sommet de sa tour principale, d'où la vue sur le lac et sur les montagnes environnantes est tout simplement à couper le souffle. Viens voir, j'ai quelque chose à partager avec toi.

Sophie accélère le pas. Je me laisse guider. Dès demain, avec Katie, ce sera à mon tour d'emmener les participants sur les traces de Calvin, de Rousseau, de Constant, d'Amiel, et de toute cette longue tradition de penseurs que compte ce petit pays. Mais pour l'instant, je laisse Sophie chorégraphier notre marche.

— Tu vois ça ?

Sa langue appuie sur le « ça ». Du doigt, elle désigne un arbre, un grand chêne, dont les racines soulèvent le sol, cassant les pavés à certains endroits. La circonférence du tronc est imposante, indiquant qu'il a dû voir défiler un nombre important de passants.

— L'arbre ?

— Tu as raison, c'est un arbre. Et pourtant, le mot « arbre » n'a rien à voir avec l'arbre lui-même. C'est une pure convention. On s'est mis d'accord pour que les usagers d'une langue, en l'occurrence le français, associent le mot « arbre » à ce que tu as devant toi. Mais c'est une construction, un peu comme une règle du jeu. Le signe « arbre » n'a rien à voir avec le signifié, c'est-à-dire l'arbre réel. C'est la différence entre un signe et un symbole. Un symbole imite la chose qu'il symbolise, contrairement au signe. Par exemple, le symbole de la justice est une balance car cela renvoie à la recherche de l'équité. Tu ne trouves pas ça incroyable ?

— Ce qui est incroyable, c'est qu'il n'y ait pas de rapport entre le mot et la chose en question. C'est marrant de se dire que c'est une pure invention !

— Exactement ! Ce qui me fascinait dans la musique, je l'ai retrouvé ici, en étudiant Ferdinand de Saussure. J'ai observé le sens donné à des mots, comme j'observais le sens qu'on donnait à des sons. C'est ici, à Genève, que Saussure a prononcé ses cours de linguistique, entre 1907 et 1911. Il n'a pas écrit de livres lui-même, mais ses élèves ont pris les notes qui ont fait sa renommée en formant son *Cours de linguistique générale*. Son idée est révolutionnaire, personne avant lui n'avait présenté la langue comme une construction sociale ! Mais si je te dis ça à toi, Pénélope, c'est parce que je crois qu'il y a là-dedans quelque chose qui peut te toucher.

— Je ne te suis pas très bien…

— L'influence de la pensée de Saussure est énorme et dépasse sa discipline. Si tout ce que nous partageons est une construction, ça veut dire qu'on peut construire autrement. Tu t'es déjà demandé ce qu'il se passerait si on changeait les règles ? Si un matin, on se réveillait et que le mot « arbre » désignait désormais une casserole ?

— Ce serait le bordel !

— Tout à fait ! Sauf que je crois que notre vie fonctionne comme le langage. C'est une construction. Il y a des règles du jeu. On dit « l'amour, c'est ça », « le couple, c'est ça », « le travail, c'est ça ». Mais on peut décider de faire autrement ! On ne peut pas concevoir une langue seul, mais on peut inventer d'autres modalités de vie. Je suis venue ici pour m'apercevoir de cela et cet arbre me le rappelle chaque fois.

Lorsque Sophie s'exprime, elle crée des ondes invisibles autour d'elle, elle active des fréquences qui font naître des frissons le long de la colonne vertébrale. C'est curieux de penser que je l'ai rencontrée par hasard, tant sa présence est décisive dans ma vie. Sa parole éclaire mon dialogue intérieur, elle redonne de la cohérence à cette journée où je crois perdre pied. Le cadre que je cherche dépend uniquement de moi, et pour le retrouver, ce sont les règles que je dois modifier.

— Sophie, tu accepterais de prendre ma place dans l'agence ? D'abord pour quelques mois, et ensuite, on verra… Tu es organisée, pertinente, passionnée. Tu as l'habitude de voyager dans le monde entier, et tu pourras trouver de nouvelles idées de séjours. Katie t'épaulera, Théana adorera ta rigueur et Alexandre ta curiosité. Et puis, moi je ne serai pas loin, je n'abandonne pas, mais, je crois que tu as raison, j'ai besoin de déconstruire pour construire de nouveau.

*

11 avril – Genève

Au tout début de notre relation, Peter m'a offert une pierre, une petite pierre, comme un éclat de météorite. Je l'ai tout de suite aimée, même si je n'ai pas perçu ce qu'elle pouvait signifier. Ce soir, en contemplant la noirceur du lac, je tiens la pierre dans ma main, et je constate qu'elle a commencé à se polir. À force de la caresser, ses coins se sont patinés. Ma peau a transformé les contours de sa matière, et sa matière a épousé ma paume.

Ce qui se passe entre deux êtres est aussi essentiel que ces deux êtres eux-mêmes, et la question est de savoir comment on se polit l'un l'autre, les uns, les autres. La pierre demeure vivante, mouvante, transformable, tant qu'on la conserve au creux de nos mains. Peter et moi atterrirons à São Paulo le 12 mai, Ana et Janaína nous attendront à l'aéroport. C'est ensemble, dans ce pays de démesure et de paradoxes, que nous retrouverons les cailloux semés par Victor sur son chemin. Et nous les tiendrons fermement, jusqu'à leur donner une forme qui nous convienne.

Les sentiers battus

São Paulo, mois de mai et juin

« Je hais les voyageurs et les explorateurs. »
Claude LÉVI-STRAUSS

La terre est légèrement humide sous nos pieds, sa densité atténue le bruit de nos pas. Il n'y a pas de gravier, pas vraiment de cailloux non plus, juste quelques amas de matière rouge orangé, formant des petits monticules à certains endroits. Autour de nous, une sorte de bourdonnement nous enveloppe, une rumeur formée par de multiples bruits dont j'ignore l'origine. Le paysage sonore me surprend tout autant que le décor. C'est une sorte de silence habité, un silence bavard, loin de la musique des villes dans lesquelles j'ai vécu. Lorsque j'habitais à Paris, j'entendais chaque jour le bus passer sous mes fenêtres. Son accélération, après le feu rouge, donnait l'impression qu'il reprenait son souffle, entraînant un long soupir du moteur, comme une réponse au grincement fatigué du rideau métallique de la pharmacie, se relevant après chaque nuit. Le son de mon quartier était parfois saturé de bouillonnements pluriels, un brouhaha produit par des hommes et des femmes désireux de triompher de leurs conquêtes quotidiennes. Mes oreilles y trouvaient une mélodie familière, un concerto urbain.

Ici, tout est différent. Le cœur de São Paulo n'est pourtant qu'à quelques kilomètres de là, mais l'acoustique indique déjà que nous sommes dans un lieu qui ne nous attend pas, un lieu indifférent à notre présence. Ses bruits ne nous sont pas destinés, il n'y a rien à conquérir, rien à faire accélérer.

J'avance, en prenant soin de mémoriser chacun de mes mouvements, et en respectant l'atmosphère feutrée. Devant nous, deux *quero quero* sont à l'affût d'insectes. Ce sont les premiers oiseaux dont j'ai appris le nom lorsque nous sommes arrivés au Brésil, il y a deux semaines. Ils sont petits et agiles. Leur plumage est gris clair avec des bandes noires sur le crâne et sur le bout de la queue. Leur ventre est blanc et leurs ailes ont des plumes d'un vert métallique. La houppe qui se dresse à l'arrière de leur tête leur donne un air sympathique et cocasse. Ils appartiennent à l'espèce des vanneaux téro, mais on les appelle *quero quero* en raison du cri qu'ils émettent et qui ressemble à un appel : « je veux je veux », chantent-ils. Est-ce un désir, une plainte ou une supplication ? Moi aussi *je veux*, mais quoi, au juste ? Je veux savoir, je veux comprendre, combien de nuits l'aurai-je répété ? Il ne fait pas chaud, pourtant l'atmosphère reste moite. Mon tee-shirt, rentré dans mon pantalon, irrite le haut de mon ventre, je le caresse pour me soulager, mais aussi pour me ramener à quelque chose de tangible, loin de cet instant irréel.

Nous y voilà. Nous sommes sur ce chemin, sur le chemin qui cristallise toutes mes paralysies. C'est un long sentier bordé d'un ravin, rempli de rochers et d'arbres dont les racines s'emmêlent. Derrière nous, à un peu plus de cinq cents mètres, se tient le dernier chantier dessiné par Victor. Le terrain a été terrassé, l'ossature est bien visible, et sur le côté droit du bâtiment un semblant de charpente a déjà été monté. Depuis sa mort, et l'arrêt des travaux, la flore a repris possession des rebords, des herbes forment une bordure végétale le long du tracé. C'est étrange comme l'ensemble ressemble déjà à *quelque chose* et en même à temps à *rien*. C'est la curieuse apparition d'une forme informe. Un morceau de possible, posé là, dans un coin de forêt, à la lisière de São Paulo. Un bout de construction, à l'abandon, ignoré de tous, en attente d'une suite qui n'est jamais venue. En questionnant un ami brésilien, lui aussi architecte,

Peter a découvert que l'immense terrain sur lequel nous sommes appartient à une famille connue dans la région, et dont la plupart des membres sont répartis entre les États-Unis et l'Argentine. La femme qui avait commandité le projet était la seule à vivre au Brésil et se nommait Flavia Da Rocha. Passionnée d'urbanisme, et veuve d'un ancien entraîneur de football, elle était réputée pour avoir été à l'initiative de plusieurs prouesses architecturales dans le pays. Elle avait contacté Victor, sans que l'on sache vraiment comment elle avait entendu parler de lui, et lui avait proposé de réaliser un habitat écologique, conformément à ce qu'il faisait de mieux. Ana nous raconta que Flavia souhaitait ériger une immense maison de famille, entièrement composée de matériaux naturels, et surtout, des matériaux trouvés sur place, afin que rien, dans cette habitation, ne porte atteinte à la nature environnante. Elle ambitionnait d'en faire un lieu pour recevoir ses proches, mais avait aussi formulé son intention de réserver un pavillon entier à des voyageurs de passage, à des artistes, à des musiciens, ou encore à des penseurs qui voudraient y séjourner. Les modalités étaient floues, mais elle avait rédigé un long courrier à l'intention de Victor afin d'expliquer sa vision, et de lui faire entendre l'importance de sa mission. Ce document, retrouvé par Ana, était l'une des rares traces de cette aventure, car juste après le décès de Victor, Flavia avait immédiatement fait cesser la construction, laissant la terre rouge des fondations et le bois d'eucalyptus de la structure retourner à leur cadre initial. Depuis, plus aucun bâtisseur n'avait osé enlacer l'âme du terrain.

Ces quelques éléments épars sont les seuls dont nous disposons aujourd'hui. Flavia reste injoignable, malgré les messages d'Ana. Quant aux plans dessinés par Victor, ils sont introuvables. Il ne nous reste donc que ces ruines d'un futur évaporé. Et ce chemin qui refuse de nous adresser une trajectoire.

— Maman j'ai faim !

La voix de Janaína, et son cri, dans un français parfait, viennent rompre notre recueillement.

— *O que foste lá fazer ? giroflé, giroflá. O que foste lá fazer ? giroflé, flé, flà !*

Dans une robe rouge bordée de petits points jaunes, elle se met à danser autour de nous en chantant sa comptine favorite. Du haut de ses trois ans, son corps porte encore quelques marques de son enveloppe de bébé. Ses bras sont charnus, ses joues rondes, mais déjà son buste s'élance et une grâce délicate se dégage de ses gestes. Elle tourne autour de sa mère,

Peter et moi, en formant une chorégraphie sauvage, une sorte de danse alternant des arabesques et des sauts à pieds joints. Jusqu'ici elle était restée discrète, presque effacée, suspendue à la main d'Ana et marchant sans ciller depuis le parking où nous nous étions garés. Elle connaît cet endroit et elle l'a fait sien bien avant que de l'air emplisse ses poumons : elle y passait déjà du temps dans le ventre de sa mère.

Après la chute de Victor, Ana en avait fait un lieu de méditation. Elle n'avait pas besoin de son cimetière pour s'adresser à lui. Le chantier était facilement accessible, il n'était protégé par aucune barrière, aucune surveillance, hormis celle des *quero quero*. Elle s'asseyait à même le sol, les genoux écartés, et contemplait tout ce qu'il y avait à regarder. Elle restait là, immobile, à la recherche d'un signe qui rendrait acceptable le fait qu'une femme enceinte avait perdu l'homme avec qui elle avait élaboré cette vie en elle. Après la naissance, elle était revenue régulièrement, présentant à la terre son nouveau-né, et même si l'exigence du quotidien avait espacé leurs visites, Ana et Janaína avaient fait de ce chemin un sanctuaire plus vibrant que n'importe quel caveau. Elle nous avait raconté tout cela le premier soir, d'une traite, en guise de présentation. La force de son vécu avait aboli mon appréhension à l'idée de passer du temps avec elle. Elle rendait caduc ce qui n'était au fond qu'une coquetterie, une comparaison ridicule, qui n'avait pas sa place au milieu de la forêt brésilienne. Comme elle l'avait déjà exprimé dans son mail, nous étions deux femmes amputées qui avaient besoin l'une de l'autre pour réapprendre à marcher.

Et ce matin, face à ce ravin qu'elle a vu tant de fois tandis que je le découvre, nous portons la même croix. Comment Victor avait-il eu l'imprudence de se rapprocher si près du bord ? Qu'est-ce qui lui était passé par la tête ? Pourquoi avait-il été si taiseux sur un projet pourtant si beau ?

— Mais Maman, on mange quand ? J'ai très très très très très faim !

— Oui, c'est vrai, on mange quand ?

Peter et Janaína, de leurs grands yeux noirs, nous ramènent au présent ; ils exigent de quitter les limbes pour revenir à la faim et à la soif, à l'ancrage de la sensation. Dans ce pèlerinage funeste, ils sont l'un et l'autre des mousquetons nous raccrochant à la réalité. Le combat d'Éros contre Thanatos, l'amour contre la mort, la chair contre le néant. Il faut se lever, manger et vivre.

— Tu sais quoi, Janaína ? Comme ta maman et Pénélope n'ont pas l'air très décidées, moi je propose qu'on se pose là-bas et qu'on mange nos sandwichs ! On va faire notre pique-nique !

— Oui ! Oui ! Un pique-nique ! *O que foste lá fazer ? giroflé, giroflá. O que foste lá fazer ? giroflé, flé, flà !*

Janaína exulte et redouble d'entrain pour chanter sa comptine. Et comme si elle l'avait toujours connu, elle empoigne la main tendue par Peter. Leur étrange duo part en direction d'un grand eucalyptus à l'écorce lisse. Sa satisfaction se devine dans l'accélération de ses petits pieds. Janaína est une enfant très vive, habituée aux adultes, et qui pour son âge s'exprime avec facilité. J'ai du mal à fixer ses yeux, pas tellement parce qu'elle ressemble beaucoup à son père, mais plutôt parce que, dans la profondeur de ses iris, je ne lis pas de peine, pas de traumatisme insoluble, pas de souffrance irréparable. Janaína va bien, elle connaît l'histoire de Victor autant que cela est possible à trois ans. Pour autant elle ne semble aucunement perturbée par cet événement, qui lui incombe par transmission, mais qui n'appartient pas à sa vie à elle. Pour elle, la mort de Victor n'est pas un drame, c'est une donnée, un élément avec lequel il faut faire, et pour l'instant seuls lui importent sa maman, sa chanson, et son sandwich.

— Tu m'apprends ta chanson, s'il te plaît ?

— Mais je ne peux pas, tu ne sais pas parler le brésilien, toi ! Tu es un Américain !

— Bon, c'est vrai, mais tu peux m'apprendre quand même, et moi, je t'en apprends une en anglais si tu veux.

— D'accord !

Ils se mettent tous les deux à chanter le même refrain encore plus fort. Peter fait des mimiques qui la font se secouer de rire. Ana et moi sommes plantées en face d'eux, spectatrices de leurs facéties. Il y a quelque chose d'insolent dans leur contentement, quelque chose qu'on ne parvient pas à rejoindre elle et moi, et qui malgré tout semble tout autant appartenir à ce chemin.

L'autre jour, au téléphone, Théana m'a raconté que, dans certaines régions de Madagascar, il existe une coutume funéraire, nommée le *famadihana*. Elle consiste à déterrer les os des ancêtres, à les envelopper dans des tissus neufs, et à les promener sur son dos, en dansant avec eux autour de la tombe, avant de les enterrer de nouveau. Ce n'est pas une exhumation, c'est un honneur qui est fait aux morts. *Famadihana* signifie « retournement », mais aussi « transformation », car l'un des principaux enjeux de cette tradition est justement de transformer le deuil en joie. Durant l'enterrement, la tristesse est de mise, mais pendant le *famadihana*, on jubile, on célèbre, on rit, on boit. On fait des morts les garants de la force de vie, sans culpabilité ni chagrin forcé. Je ne sais plus à quelle occasion Théana m'a parlé de cela, mais je crois que Janaína et Peter maîtrisent la tradition mieux que moi.

— Maman ! Viens voir ! Il chante !
— Pénélope ! Viens, on a un concert à vous faire !
— Alors ces sandwichs, ils sont bons ?
— Oui et on va tous les garder pour nous !

Ana prend sur elle et enclenche le mouvement. Elle me fait signe d'avancer. Il s'agit d'être aussi là pour eux, de laisser de côté les émotions complexes que cette visite suppose.

— Ce soir, Janaína et moi, nous avons préparé… une petite surprise !
— Maman, je peux dire la surprise, s'il te plaît, s'il te plaît, s'il te plaît ?
— Non, ma chérie, puisque c'est une surprise !
— Mais j'ai trop envie de leur dire qu'on leur a préparé ton gâteau très spécial !

Nous nous mettons tous à rire. Janaína met la main sur sa bouche comme pour ravaler sa gaffe, tandis que Peter reprend la comptine de plus belle avant de nous distribuer le repas. Nous sommes désormais assis tous les quatre au pied d'un arbre. Les discussions sont drôles et enjouées. Ana nous apprend les noms des plantes, et nous raconte son arrivée à São Paulo alors qu'elle est née à Rio d'une mère française et d'un père brésilien. Je me demande ce que se dirait un inconnu s'il passait près de nous. Est-ce qu'il nous prendrait pour une famille ? Car finalement, qu'est-ce qui relie les membres d'un même clan ? Est-ce le sang, l'obligation, les souvenirs ou l'amour ? Toujours est-il qu'à cet instant, ce chemin, pourtant redouté, prend soin d'abriter la beauté de nos nouveaux liens.

*

Ana a mis du temps à nous amener sur le chantier. Ce n'était pas l'envie de créer un suspens inutile, mais plutôt une aspiration précise : elle voulait avant tout qu'on s'acclimate au Brésil, même si Peter le connaissait déjà bien. Elle était habitée par l'idée que je comprenne ce pays, que j'en observe les facettes, et que cette quête autour de la mort de Victor s'inscrive dans une réflexion plus large. Qu'est-ce qui nous amenait ici ?

Ana n'est pas croyante, mais elle est portée par une profonde spiritualité, elle agit comme si des messages se dissimulaient un peu partout, comme si les mouvements des uns et des autres créaient de nouvelles trajectoires qui, de fil en aiguille, dépassent les protagonistes, si seulement on laisse faire l'ondulation. C'est autre chose que de la fatalité, c'est une manière de constater, d'accepter, en préférant questionner plutôt que lutter. Peut-être est-ce cela qui lui a permis de traverser ce qu'elle a vécu. En discutant avec elle, je me suis peu à peu aperçue qu'elle était à l'opposé des femmes qui m'entourent : ma mère, Cécile, Théana, Tonia, Alice, Sophie, et même Katie, prennent des décisions affûtées. Elles construisent leur destinée avec une force vive, une force admirable qui tranche dans la réalité. Face à l'incertitude, elles offrent leur courage en garantie. Ça n'empêche pas les tremblements, les doutes, les soirs de larmes, mais elles font de leurs convictions d'indétrônables monuments. Ana, elle, propose une autre interprétation de l'existence. Elle est une joueuse de billard, elle donne des coups dans les billes de la vie, et elle attend de voir où cela la mène.

Et moi, où est-ce que je me situe ? Est-ce que je bâtis ou est-ce que je laisse la courbe des billes décider de mes aventures ? Que suis-je devenue entre mon départ pour Athènes et mon arrivée ici ?

*

Les deux premières semaines sur le sol brésilien ont été intenses. Peter devait travailler sur de nouveaux projets et était souvent au téléphone. De mon côté, je devais régler la transition entre Sophie et moi. Théana avait accueilli la nouvelle de mon départ avec pragmatisme, préférant parler de « congé maternité avancé » afin de clore toute discussion qui aurait pu être définitive. Elle me connaissait trop bien pour émettre un jugement ou une quelconque remarque. Elle me laissait agencer les choses sans me brusquer, consciente d'un possible revirement de situation. Alexandre, lui, avait été plus attristé et ne me donnait pas beaucoup de nouvelles. J'avais fait l'erreur de ne pas lui annoncer directement, et je savais que je devais lui écrire pour ne pas qu'il voie cela comme un désaveu. En attendant, nous étions convenus que j'assurerais le séjour à New York au sujet de Hannah Arendt, et que Sophie, épaulée par Rachel et Katie, commencerait à se former pour la suite.

Malgré ces impératifs professionnels, nous avions tout de même pu dégager des journées d'excursions. Ana prévoyait les itinéraires, réservait des guides et parfois même des chauffeurs, mais nous étions seuls pour les balades. On la retrouvait presque tous les soirs pour profiter d'un nouveau coin de la ville ou dîner sur leur terrasse avec Janaína. Elle voulait nous faire vivre la démesure et les paradoxes. Elle ne commentait pas les endroits avant de nous avoir laissé le temps de nous en imprégner.

Nous avions découvert des plages sublimes de l'île São Sebastião, nous avions roulé dans les vignobles de São Roque, marché dans le parc de Cantareira, et admiré les chalets suisses et les rues pavées de São Jordão. À chaque fois, nous étions époustouflés par la variété des paysages, et par l'absence d'unité entre les différentes localisations. En quelques kilomètres, des environnements totalement dissemblables se succédaient, et rivalisaient de majesté. Mais le plus curieux était sans doute la ville en elle-même, une ville tentaculaire qui exerçait sur Peter une attraction particulière.

Pour nous changer les idées après la matinée passée sur le chantier, nous avons laissé Ana et Janaína, et nous sommes allés nous promener dans les rues jusqu'au parc Ibirapuera.

— Attends, faut que je prenne ça en photo !

— Mais t'as déjà pris une photo il y a 50 mètres !

— Tu ne te rends pas compte de ce que tu as sous les yeux, Pénélope Dessauges ! D'ailleurs, j'espère que notre enfant regarde aussi ! Rends-toi compte de ce que ça représente... Dans les années 1950, São Paulo a connu une très forte croissance, une croissance tellement importante que la ville est devenue une sorte de ring sur lequel on s'affronte pour définir la nouvelle identité nationale. Tous les architectes ont rivalisé d'orgueil pour construire quelque chose ici ! Moi, j'aurais fait pareil !

— Le plus connu, c'est Oscar Niemeyer, non ?

— Oui, mais il arrive sur des terrains déjà chargés d'histoire, et pour se distinguer il doit vraiment faire preuve d'ingéniosité ! Prenons ce parc, par exemple. Initialement, c'était un village indigène. En 1920 le préfet de la ville souhaitait le transformer en un espace vert dans le genre de ceux qu'on trouve en Europe comme Hyde Park à Londres. Sauf que le terrain était hyper-marécageux. Alors, en 1927, un fonctionnaire de la préfecture a décidé de planter une centaine d'eucalyptus australiens juste pour lutter contre l'humidité ambiante. C'est comme ça que le parc possède autant de plantations. Mais ce n'est pas fini ! Ensuite, les administrateurs de la ville ont eu l'idée d'un endroit qui rendrait hommage autant à l'urbanisme qu'à la nature…

— Et c'est là que Niemeyer intervient.

— Bravo ! Tu mérites vraiment d'être femme d'architecte ! Et c'est ainsi qu'en août 1954 le parc d'Ibirapuera voit le jour pour célébrer le quadricentenaire de la ville. Oscar Niemeyer a collaboré avec le paysagiste Roberto Burle Marx pour élaborer ce qui regroupe l'assemblée législative, un pavillon japonais, un vélodrome, un stade, un planétarium, un musée d'art moderne, et la fameuse Oca...

— C'est la butte, là ? On dirait une soucoupe volante !

— Niemeyer s'est inspiré d'une hutte amazone pour la créer. Et l'auditorium juste à côté est incroyable aussi.

— C'est dingue, toutes les architectures sont possibles, ici !

— Oui, et chaque architecte a proposé une vision, souvent passionnante. En revanche, tu l'as vu, l'ensemble est assez illisible, c'est pour ça qu'on appelle São Paulo le monstre, ça part dans tous les sens. Il n'y a pas une identité, mais des centaines qui cohabitent, et nous, visiteurs, nous naviguons entre elles. À chacun de choisir s'il préfère le style européen, Renaissance, éclectique...

— Et si justement on ne parvient pas à choisir entre tout ça ?

— Tu sais à qui tu me fais penser ?

— J'ai un peu peur de proposer un nom...

— Tu me fais penser à Noah Tanerberg.

— Qui est-ce ? Je suis censée le connaître ?

— Pas vraiment. Noah est un type avec qui j'étais au lycée, un type génial et très drôle. Le genre de gars qui a toujours un truc à raconter. Chaque semaine, il changeait de style vestimentaire. Un coup il était basketteur, un autre rockeur, et la semaine suivante, artiste. Il avait envie d'explorer tous les genres. Bien sûr, ça nous faisait rigoler. Tout le monde se demandait quelle serait sa prochaine lubie...

— Je te signale que je porte ce short depuis dix ans. Je n'ai rien à voir avec Noah Tanerberg !

— Attends un peu. Après le lycée, je l'ai perdu de vue, jusqu'à il y a cinq ans où je l'ai croisé dans la rue.

— Et alors ?

— Eh bien, le type cool et drôle s'était évaporé et avait laissé place à un homme anxieux, mal dans sa peau, qui avait commencé plein de trucs sans les finir. Il était tellement obnubilé par les autres vies qu'il aurait pu avoir qu'il ne parvenait à en vivre aucune. Et voilà ce qui me fait peur avec toi. Je me demande si ton obsession pour Victor n'est pas une manière de faire exister une vie parallèle. Je sais que tu voudrais savoir ce qu'il se serait passé si tu étais restée avec lui, si tu avais eu un enfant avec lui, s'il n'était pas mort. Tu n'as pas besoin de le formuler, je le ressens. Tu te poses cette question quotidiennement et presque malgré toi. Et ce n'est pas la seule, d'ailleurs ! Tu te demandes aussi ce qui se serait passé si tu étais restée à Athènes, si tu étais sortie avec Alexandre, si tu avais pris la gauche plutôt que la droite. Tes autres vies occupent une place infinie dans celle-ci... Moi, ce que m'a appris Noah Taneberg, c'est que ça étouffe de vouloir tout être, on devient un monstre, comme cette ville. On a tous des vies non vécues, parce que nous faisons des choix, parce que nous avons des contraintes, parce que le contexte nous y oblige, parce qu'on doit avancer. On naît tous en pouvant être plein de trucs. C'est fort de se dire ça, c'est même franchement dérangeant. Je m'interroge souvent sur ce qu'aurait été ma vie si j'avais eu plus de cheveux ou si j'avais eu un chien pour mes quinze ans comme me l'avait promis mon oncle. Aurais-je été plus heureux ? Je n'en sais rien, mais ce qui m'empêche de regretter ces vies suspendues, c'est que j'aurais pu de ne pas te rencontrer. La perspective de passer à côté de toi est bien plus terrifiante que la possibilité d'une version de moi plus cool, plus drôle, plus riche, plus chevelu et avec un chien. Et je suis bien content que ce bébé nous ait lui aussi choisis comme parents. Il y a plusieurs chemins, Pénélope, mais un seul possible à vivre. Et moi j'aimerais que tu aies suffisamment confiance pour savoir que le nôtre est le bon.

Le soleil éclaire tellement le dôme de l'Oca qu'on ne distingue presque plus rien autour de nous, la luminosité s'infiltre partout, elle nous fait cligner des paupières. Nous sommes deux masses sombres enlacées dans la lumière.

*

1er juin – São Paulo

Je me demande ce que font les quero quero *une fois qu'ils ont trouvé des insectes à manger. Se mettent-ils aussitôt en quête d'une autre ration par peur de manquer ? Ou font-ils confiance à la nature et en sa capacité de les nourrir régulièrement ? Que veulent-ils lorsqu'ils* ont *? Ccontinuent-ils à réclamer ?*

Il est tard. Une petite goutte de sueur coule sur mon ventre.

Peter dort. Je regarde ses cheveux et je murmure mon amour à chacune de ses mèches.

Je le sais, je ne veux plus être une voyageuse. Je veux que mes pieds soient des racines.

Demain, je reprendrai ma lecture de Claude Lévi-Strauss et de sa rencontre avec les Indiens Nambikwara.

Demain, je remuerai le ciel et la terre pour convaincre Flavia Da Rocha que ses eucalyptus ont besoin de moi.

Le retour aux origines

São Paulo-New York, mois de juin

« Seul le bien a de la profondeur
et peut être radical. »
Hannah ARENDT

— C'est sa première femme, Dina Dreyfus, qui lui fait découvrir l'ethnologie…

— Attends, Lévi-Strauss n'a pas toujours été ethnologue ?

— Eh non ! Avant Dina, il était essentiellement professeur de philosophie. Il enseignait à Mont-de-Marsan et se consacrait surtout à la politique. Il était militant socialiste, très engagé et très loin des forêts d'Amazonie !

— Alors comment s'est-il retrouvé ici ?

— Eh bien, c'est le directeur de l'École normale supérieure, un certain Célestin Bouglé, qui lui a proposé de participer à une mission universitaire au Brésil… Il était question d'occuper un poste en sociologie. Évidemment, il a accepté et a donc embarqué en bateau avec sa femme pour traverser l'océan.

— Tu imagines l'aventure ? J'adorerais faire un voyage transatlantique avec toi, Pénélope Dessauges. Après des jours perdus en mer, on monterait sur le pont et on crierait fébrilement : « Je vois la terre... c'est... c'est l'Amérique ! »

Ana éclate de rire en regardant Peter mimer un explorateur. Il met ses mains en rond autour de son œil droit comme pour former une longue-vue. Au milieu de nous, sur la table, trônent des cajus. Des sortes de petites pommes rouges aux reflets orangés, les fruits de l'anacardier, un arbre qu'on trouve beaucoup dans les zones tropicales comme dans la région du Nordeste brésilien. Avant de venir ici, je connaissais simplement les noix de cajou, qui sont en réalité les pédoncules du fruit. Et le plus curieux, ou peut-être le plus honteux, est sans doute que je ne m'étais jamais demandé d'où venaient ces noix. Je me contentais d'en manger par poignées, assise sur un canapé dans un appartement parisien. Je frisonne à l'idée vertigineuse qu'il y a tant de choses dont on ignore l'origine. On se contente de l'usage jusqu'à ce qu'un ailleurs éclaire d'une autre lumière ce qu'on trouvait banal. Affairée dans cette cuisine, en train de découper de petits morceaux de cajus pour en faire de la confiture, j'ai la sensation d'absorber le voyage, et justement, de quitter peu à peu le statut d'aventurière pour adopter celui d'habitante.

— Disons que l'arrivée au port de São Paulo aujourd'hui est un peu moins surprenante qu'en 1935 ! Mais tu vas voir, l'Odyssée de Lévi-Strauss ne s'arrête pas à São Paulo, au contraire, c'est même là qu'elle commence. Parce que, figurez-vous qu'en novembre de la même année, avec Dina et l'ingénieur René Silz, ils gagnent en train la région de Corumba, dans l'État du Mato Grosso...

— Le Mato Grosso ? J'y suis allée avec mon père quand j'étais petite ! C'est presque au milieu du pays. Il m'avait promis qu'on verrait des léopards. En vérité, on a rien vu à part de la savane brésilienne. Du vert, du vert, du vert, à perte de vue avec de grandes falaises. On a quand même aperçu des perroquets... On pourrait y aller si vous voulez.

— Excellente idée ! Surtout que c'est dans ce décor sauvage que Lévi-Strauss et son groupe rencontrent vraiment le pays. Ils plongent au cœur de sa culture. Il leur faut de l'audace pour aller jusque-là. En 1935, le monde n'est pas le même que le nôtre ! Il y a beaucoup moins d'images pour se projeter, pas d'Internet ni de cartographie en ligne, le voyage n'est pas fluide comme celui que nous connaissons. Ça paraît une évidence, d'accord, mais il faut quand même se le rappeler ! D'autant qu'ils partent sommairement équipés. Imaginez… Claude Lévi-Strauss est né en 1908 à Bruxelles et le voilà en train de faire du cheval dans les villages des Indiens Caduveos ! Ensuite, la bande remonte en bateau le cours du Rio Paraguay pour atteindre le village de Kejera où vivent les Bororos. Chaque fois, ils collectent des dessins et des objets. Cette expédition et surtout ces Indiens vont bouleverser sa vie.

— Que font-ils des dessins récoltés ?

— Ils vont les exposer à Paris l'année suivante et donner des conférences, parce qu'il faut réunir des fonds pour repartir. D'ailleurs, en 1938, ils y retournent et cherchent alors à approcher les Indiens Nambikwara, sauf que les conditions sont super-dures… et les trajets interminables ! Tenez-vous bien : ils partent de Marseille, rejoignent la ville de Cuiabà en avion, et de là voyagent en camion, en voiture puis à cheval, accompagnés d'une caravane de bœufs ! Pas simple, n'est-ce pas ? Ensuite, ils traversent tout le plateau du Mato Grosso où ils rencontrent différents groupes de Nambikwara nomades. Fin septembre, ils atteignent le bord du bassin de l'Amazone et poursuivent en pirogue… Oui, oui, en pirogue ! Sauf que le voyage est si éprouvant que Dina doit abandonner à cause d'une infection à l'œil. Mais Claude continue et compile des centaines de photos et d'informations… Moi qui trouve que je voyage beaucoup depuis cinq ans, là je m'incline !

— C'est tellement difficile de se représenter tout ça... Mais y a quelque chose que je ne comprends pas.

— Quoi donc, mon cher Peter ?

Il saisit un caju et le fait passer d'une paume à l'autre. Le temps s'arrête autour de la table, nous sommes tous perdus dans nos pensées, nos paupières immobiles ont rejoint la savane amazonienne. Un léger vent nous arrive de la terrasse. Depuis une dizaine de jours, la nuit est un peu plus fraîche qu'auparavant, elle nous rappelle que vivre sur un autre hémisphère impose de déconstruire nos réflexes, d'habituer nos corps à la douceur de l'hiver austral. Comme j'ai laissé la fenêtre de sa chambre entrouverte, je me demande si Janaína n'a pas froid, si elle dort paisiblement. Est-ce cela être mère : s'interroger sur le confort de quelqu'un comme si le nôtre en dépendait ? Porter l'inquiétude dans sa chair ? Dans ces cas, ne sommes-nous pas la mère symbolique de tous ceux que nous aimons ? Sur quoi repose ce curieux lien de la maternité ?

Ce soir, Ana a été retenue au travail et m'a demandé de coucher sa fille. Ça faisait longtemps que je n'avais pas accompagné un enfant vers le sommeil, que je n'avais pas vécu cet instant sacré où, dans la pénombre, on sépare deux mondes, où l'on défait le jour pour accueillir la nuit. La dernière fois, c'était avec les enfants de Cécile. Une fois de plus Janaína s'est montrée compréhensive et sociable, fronçant le regard quelques secondes à l'annonce du retard de sa maman, mais acceptant docilement que ce soit moi qui lui raconte une histoire. Allongée dans son lit, elle attendait un récit digne de ma présence, pas la simple lecture d'un de ses albums en français, mais une véritable création.

Un peu paniquée à l'idée d'inventer un conte qui puisse lui plaire, je me suis accrochée à Shéhérazade. Bien entendu, pas au contenu des *Mille et Une Nuits*, mais plutôt à sa sève. Qu'est-ce qui nous tient en haleine ? Qu'est-ce qui nous donne envie d'entendre la suite ? Je crois que c'est l'énigme qui fait de nous des auditeurs avides. C'est parce qu'on ne sait pas qu'on avance, c'est parce qu'on fait face à l'incertitude qu'on se passionne, il faut du mystère pour conserver la tension. Alors j'ai cherché ce qui pouvait faire palpiter le cœur de Janaína, quelle était sa quête à elle, ses intérêts, et d'un trait j'ai mis sur pied tout un univers de tortues bleues, de jaguars, d'opossums, de loups à crinières et de capybaras. J'ai mobilisé toute la faune brésilienne, jouant avec des secrets et des quiproquos. Janaína gloussait et mimait les aventures, s'émouvant pour les grenouilles, maugréant après les singes. Épuisée, mais captivée, elle ponctuait mes respirations par des « encore ! » enthousiastes, jusqu'à ce que sa poitrine finisse par se soulever de plus en plus lentement pour l'emmener dans les songes.

J'avais réussi mon pari, je l'avais intéressée et endormie. Et surtout, ma parole et son écoute avaient permis quelque chose. Je m'étais déjà occupée de beaucoup d'enfants, sauf que ces enfants n'étaient pas la fille de Victor, et moi, je n'étais pas enceinte. Au bord de son petit lit, ces deux facteurs donnaient à mes gestes une autre ampleur. J'étais capable, par ma voix et mon imagination, de prendre soin d'une petite fille et de l'amuser. Je m'étais sentie, un bref instant, capable d'être mère. Ce n'était pas une question de faits grandioses, c'était une question d'état mental.

L'autre jour, au téléphone, Cécile m'avait bousculée, et s'était un peu moquée de mes interminables questionnements : « Calme-toi, t'es juste enceinte, tu n'es pas la première, pas la dernière. » Elle avait raison et tort. Être enceinte, ce n'est *rien* effectivement, et pourtant c'est *tout*. Appartenir à une aventure universelle n'a rien de commun. C'est une chance pour certains, un calvaire pour d'autres, c'est une décision ou un accident, mais ce n'est jamais *rien*, que de fabriquer dans ses entrailles des pieds, des mains et des organes.

— Donc tu vois, le truc qui me trouble, c'est de savoir ce qu'il fait de tout ça ? Je veux dire, le type arrive, prend des objets et des dessins, mais qu'est-ce qu'il en fait ? C'est Claude Lévi-Strauss, OK, mais est-ce que ce n'est pas une façon de les déposséder ? De les regarder de haut, ces Indiens ?

La voix de Peter nous fait sursauter. J'ai presque oublié où nous étions. Je ne sais pas combien de temps a duré ma rêverie, Ana est restée silencieuse elle aussi, elle s'est juste déplacée pour faire chauffer une casserole, et y disposer les cajus, observant où cette conversation allait nous mener.

— C'est l'inverse, tu vas voir… Bon, donc il revient du Brésil, bluffé par toutes ces rencontres, et avec la hâte de présenter son travail. Sauf que la Seconde Guerre mondiale éclate ! Il est d'abord mobilisé, puis s'exile à New York pour fuir les lois raciales de Vichy. Il retourne en Amérique du Sud, avant de rejoindre à nouveau la France libre. Bref, une autre aventure… Et c'est seulement en 1955, soit vingt ans après sa première expédition, qu'il sort son livre phare.

— *Tristes tropiques*. C'est une lecture culte ici !

— Gagné, Ana ! Et pas qu'ici, d'ailleurs...

— Moi je ne l'ai jamais lu ! Encore un truc que j'ai loupé en n'étant pas européen ! C'est prêt quand, la confiture ?

— Je vais te le passer, tu l'as vu, il est sur ma table de nuit... Le texte rencontre tout de suite du succès, c'est un mélange de carnet de voyage, d'autobiographie, un travail de recherche, et une incroyable réflexion sur la nature humaine. Parce que tu vois, c'est ça l'objectif de Lévi-Strauss ! Il répond à ce que tu disais ! Lorsqu'il décrit les Indiens du Brésil, il veut se démarquer du regard de supériorité que les Européens ont souvent eu à l'égard d'autres civilisations. Ce qu'il veut montrer, c'est que l'Occident n'est pas le seul modèle, c'est une manière de vivre parmi d'autres, il n'y a pas de hiérarchie. D'ailleurs, il critique beaucoup la notion de « progrès » qui repose sur le présupposé que certaines sociétés sont plus avancées que d'autres.

— Du coup, les dessins et les objets qu'il a collectés ne sont pas des trophées mais des témoignages, c'est ça ?

— Tout à fait ! C'est pour ça qu'il déclare haïr les voyageurs. Le voyageur, c'est celui qui pense que son pays est la vérité, la référence absolue, tandis que le reste est exotique. Pour Lévi-Strauss, cette vision est intenable...

— Moi, je crois que c'est la confiture d'Ana la référence absolue !

— Tiens, goûte, c'est encore un peu compote, mais tu me diras si tu veux que je rajoute du sucre…

— Un de ces grands principes, c'est de considérer les sociétés comme des systèmes de relations entre individus. On n'a pas forcément besoin de connaître l'histoire des personnes, mais on a besoin de comprendre la manière dont ces sociétés s'organisent.

— Je ne suis pas sûr de bien assimiler, là…

— C'est simple. Tu es conscient que dans ta famille il y a des gens qui ont de l'autorité et d'autres non ?

— Clairement, ma tante Janet était toujours là pour nous le rappeler d'ailleurs !

— Bon, eh bien chaque groupe social, chaque groupe familial s'organise autour de règles implicites, qu'on ne verbalise pas toujours, mais qu'on connaît tous. Par exemple, chez moi, ma cousine est comme ma sœur, alors que dans d'autres foyers, les cousins sont hyper secondaires. Tu te souviens de ce que je te racontais l'autre soir sur Ferdinand de Saussure ?

— Sur le fait que le langage est juste une convention ?

— Oui, eh bien là, c'est pareil… La langue, les croyances, les systèmes de parenté… rien de tout ça n'est naturel ! Ce sont des règles qu'on a créées et sur lesquelles on s'est mis d'accord. Point. Et l'anthropologie consiste justement à observer les différences. Appartenir à une culture et comprendre celle des autres, c'est connaître l'ensemble des règles en usage. C'est être en mesure de dire : « Ça fonctionne comme ça. »

— En somme, c'est savoir que tatie Janet est la cheffe de famille et que c'est elle qu'on doit avoir dans la poche si on veut être soutenu ?

— Exactement, mon Peter ! C'est ce qu'on appelle le structuralisme. Pour résumer, ce courant propose d'étudier les rapports entre les éléments plutôt que les éléments eux-mêmes.

— Donc si je te suis bien, pour les structuralistes, dans une famille, c'est plus intéressant de saisir les rapports que les individus eux-mêmes ?

— C'est bien ça, Ana.

— Mais du coup l'individu tout seul, il devient quoi ? Il n'existe pas en dehors du système ?

— Bah oui, c'est un peu la limite de cette pensée car le psychisme est mis de côté. C'est ce qu'on lui a reproché. Cependant, le mouvement va énormément inspirer d'autres disciplines, et le psychanalyste Jacques Lacan réussira à concilier structuralisme et psychanalyse en démontrant par exemple que même notre inconscient dépend du langage et de nos liens sociaux… en somme, d'une structure qui nous précède ! Bref, on n'est jamais seul au monde !

— C'est passionnant, Pénélope ! Je suis tellement contente d'avoir une philosophe à ma table ! Et vous voyez le nombre de choses que ça déclenche d'arriver à São Paulo ! Imaginez si Lévi-Strauss n'avait pas accepté ce poste au Brésil… Je vous avais bien dit que c'était un pays inspirant ! Bon, allez, à table !

La remarque d'Ana nous amuse, elle nous la soumet tel un fil conducteur, un clin d'œil qui nous rappelle encore une fois que nous aussi, nous sommes là pour quelque chose. Il y a de la légèreté dans ce dîner, pourtant la singularité de notre situation fait résonner avec force les thèses de Lévi-Strauss. Que dirait un ethnologue de notre curieuse tribu ? Comment sont organisés nos liens ? Quel est le rôle des uns et des autres ? Que devient Peter assis à table entre deux femmes qui partagent le même mort ? Comment se façonne une place de mari ? De père ? De mère ? De grand-parent ? D'oncle ou de tante ? Comment faire quand il n'y a pas de modèle ou qu'on rejette ceux qui ont été proposés jusqu'alors ? Par où commence-t-on ? La parenté n'est pas simplement un fait biologique, elle est issue d'une volonté de structurer la société humaine, elle définit des limites, elle dessine un dedans et un dehors. Qui mettons-nous derrière le mot « parents » ? Qui est dans notre clan ?

J'ai toujours eu peur d'être mère parce que jusqu'à présent j'envisageais la naissance comme une inéluctable rupture, comme un point de basculement venant mettre un terme à mon couple, à l'enfance, à ma propre famille. Jusqu'à présent, j'imaginais la naissance comme une impossible résignation, le deuil d'une part trop significative de mon identité. Être mère, dans mon esprit, c'était ne plus être l'amoureuse, ne plus être la fille, ne plus être l'amie. Mais plus j'avance sur ce chemin, plus je m'aperçois que mettre un enfant au monde consiste, à l'inverse, à ajouter un individu à de l'existant, à agrandir un système au lieu de l'éteindre.

Je crois qu'une naissance implique de revoir la structure globale, de tisser de nouvelles perspectives, de nouveaux rapports, d'interroger ce qui nous a été transmis et ce qu'on va transmettre à notre tour. Un enfant n'est pas une création personnelle de Peter et de moi, mais un développement collectif, l'accueil d'un être singulier qui donne encore plus d'ampleur à ce qui est déjà là. Un amour qui accentue l'amour. Est-ce pour enfin percevoir cela que nous sommes venus jusqu'à São Paulo ? Est-ce la leçon que Victor voulait m'offrir ?

Ana nous sert les restes d'une *galinhada* préparée la veille, une sorte de ragoût de riz parfumé dans lequel on ajoute des morceaux de poulet. Peter et elle sont affamés, ils engloutissent leur assiette en se racontant leur journée. Moi, je ne parviens pas à manger. Je ne suis pas triste, ni nauséeuse, mais absorbée. Cette puissance qui se déploie en moi depuis le début de ma grossesse gagne en intensité ; je ressens une chaleur qui se diffuse dans tous mes membres, et la voix de Sixtine, la tarologue, revient dans le creux de mon oreille : « Fais-toi confiance, Pénélope... Tous tes possibles n'attendent que toi. »

— Ça ne vous embête pas si je vous laisse finir de dîner tous les deux ? Je dois écrire une lettre. Ana, quand j'aurai terminé, tu pourras m'aider et traduire quelque chose ?

*

São Paulo, 11 juin

Chère Flavia,

Vous trouverez peut-être cela curieux d'appeler « chère » quelqu'un qu'on n'a jamais rencontré. Et pourtant vous m'êtes bel et bien chère, parce que, sans trop m'avancer, je crois pouvoir dire que nous sommes l'une et l'autre les clés respectives de nos odyssées.

Il y a longtemps j'étais quelqu'un d'autre, quelqu'un qui n'a pas grand-chose à voir avec celle que je suis aujourd'hui, et sans doute que ce n'est pas fini. Chaque microseconde de notre existence nous transforme, et nous allons d'une métamorphose à l'autre en essayant simplement de ne pas trop tanguer.

Toujours est-il que dans ces aventures, un matin je suis parvenue jusqu'à votre terrain. Je pensais y revivre la plus insupportable douleur qu'il m'ait été donné de traverser. Je comptais me tenir debout face à la mort et lui demander des comptes. J'attendais de savoir pourquoi elle nous avait pris Victor, comment elle avait pu se permettre de faire disparaître un père, un amour, un frère, un fils ?

J'étais venue pour obtenir ma réponse, pour résoudre mon enquête, pour mettre un terme à cet intolérable deuil. J'avais l'insolence de croire que la forêt allait me fournir un rapport détaillé, et m'expliquer ce qui s'était passé. Je croyais avoir besoin de cela pour dissoudre ma culpabilité. J'attendais l'absolution des eucalyptus. Car vous l'avez peut-être compris, je ne suis pas la femme de Victor, je suis l'autre, celle qui quelques années plus tôt a décidé de le quitter. Celle qui n'a pas pu, pas voulu. Je suis venue dans la jungle espérant recevoir une autorisation : le droit de continuer malgré tous les malgré. Je rêvais qu'un souffle de vent caresse mon épaule, m'accordant ainsi la légitimité d'être heureuse. N'est-ce pas toujours de cela qu'il s'agit ? Attendre que les autres nous permettent de nous mouvoir ?

Mais en réalité, je n'ai pas rencontré la mort, j'ai rencontré la vie. J'ai senti mes pieds s'enfoncer dans la terre et les fourmis grimper le long de ma jambe. J'ai entendu les quero quero *exprimer leurs désirs. J'ai admis qu'il n'y avait pas d'autre légitimité que celle que l'on se donne. Car ce terrain, Flavia, c'est le vôtre, mais c'est aussi le mien. Vous l'aviez écrit dans votre projet : c'est le lieu de tous ceux qui ont besoin de retrouver cette nature, cette pluie, ces saisons. Je ne veux plus exécuter, je ne veux plus voyager, je veux appartenir à cet endroit, à ce cycle, à cette famille, à cette curieuse chaîne qui nous emmène de là-bas jusqu'ici. Je veux relier entre eux les arbres et les hommes, les morts et les vivants. Je veux que le monde jaillisse de ces branches. Je veux que « tout s'arrange ».*

Flavia, vos rêves ne s'arrêtent pas.

Nous devons nous voir car, au fond de nous, nous nous connaissons déjà.

Pénélope. »

*

Je suis toujours excitée lorsque j'arrive à New York, peut-être est-ce en partie parce que cet endroit ne permet pas d'autres modalités qu'une sorte d'absolue présence. La première fois que j'ai atterri à l'aéroport John F. Kennedy, j'avais la sensation que tout ce que l'on répétait sur l'énergie de cette ville n'était qu'un cliché pour touristes fantasmant l'Amérique. Et pourtant, dès que j'ai traversé le pont de Brooklyn, j'ai eu la confirmation que les clichés ne sont jamais de pures fictions, ils s'enroulent autour de nos ressentis. À New York, il faut marcher au rythme de la foule, aligner ses pas, savoir où l'on va. New York est l'incarnation même de la détermination.

Mes cervicales accusent les dix heures de vol, mais mon impatience compense mes tensions physiques. J'attrape ma valise sans hésitation et je fonce vers un taxi. Ma puce américaine remplace la française, et me permet d'envoyer ma ronde habituelle de textos prévenant que je suis bien arrivée, un pour Peter, un pour ma mère, un pour Cécile. Mais avant d'avoir pu envoyer le dernier, l'écran s'allume et signale un appel :

— Allô ?
— Oui c'est moi, ça y est, t'es dans le taxi ?
— Oui, c'est bon ! Je te rejoins où ? Je dois laisser ma valise à l'appart et ensuite je suis prête.
— Super ! Retrouve-moi à l'Altro Paradiso, 234 Spring Street ! Ça te va ?
— OK, parfait.

C'est curieux comme des discussions banales peuvent paraître étonnantes lorsque certains paramètres se trouvent réunis. Me voilà donc à New York, enceinte de cinq mois, prête à rejoindre Alexandre, dans un restaurant italien, et à vivre avec lui notre dernier voyage organisé.

*

22 juin – New York

Dans Les Mille et Une Nuits, *c'est seulement grâce à la volonté de Shéhérazade et à la complicité de Dinarzade, que la vie reprend son cours. C'est l'union de ces deux femmes, de ces deux sœurs, qui permet d'établir le stratagème, d'amadouer le sultan, et de remplacer le macabre par un horizon de lumière.*

Je ne l'ai pas dit à Ana, mais, au fond de moi, j'étais persuadée que Flavia allait répondre. Je n'avais pas de doute. Je savais que nous étions au bon endroit : trois veuves au milieu d'une terre féconde. Peter a déjà repris le chantier pour avancer un peu avant le mariage. J'ai hâte de voir les murs se dresser.

Demain, je pense que j'accueillerai les participants du voyage en commençant par cette phrase de Hannah Arendt : « Le nouveau apparaît donc toujours comme un miracle. Le fait que l'homme est capable d'action signifie que de sa part on peut s'attendre à l'inattendu, qu'il est en mesure d'accomplir ce qui est infiniment improbable. » Je crois qu'Alexandre aimera bien.

Les lumières s'agitent au-dehors comme de petites lucioles et je sens dans mon ventre que ma fille rejoint leur bal.

Au seuil de la mémoire

Athènes, mois de juillet

« Le souvenir n'est possible que sur la base d'un oublier, et non pas l'inverse. »

Paul RICŒUR

— Mais t'es folle de serrer autant ! Je ne vais jamais dire oui si je n'arrive pas à respirer !

— T'es marrante, toi, je suis bien obligée de serrer si tu veux entrer dedans !

— T'aurais pas pu demander un peu plus large ?

— Ah bah, manquait plus que ça ! T'entends Cécile ? Non mais t'entends ce qu'elle me dit ? Elle voulait sa robe un peu plus large ! Je rêve ! Comment veux-tu que j'explique à un tailleur italien, du genre traditionnel, que tu te maries enceinte jusqu'aux yeux ?

— En plus, je te rappelle que tu n'as jamais voulu faire les essayages ! Bon Alice, je te la laisse, je vais voir Théana pour vérifier que tout est bon de son côté. Rachel et Katie terminent d'arranger les fleurs.

Cécile sort de la pièce avec précipitation. Je ne sais pas vraiment ce que m'évoque cette journée. Tout est beau autour de moi. Le soleil remplit le salon de ses rayons dorés, l'odeur des couronnes de jasmin, disposées sur la terrasse, embaume toutes les pièces. Pourtant, je n'appartiens pas à ce décor. J'ai l'impression d'avoir été posée là dans un coin, attendant d'être maquillée, habillée, coiffée, comme si soudain j'avais perdu mon autonomie et mes capacités d'action. L'idée d'être le centre de mon monde une journée entière me paralyse, la gêne se faufile dans toutes mes interactions. J'ai envie d'interpeller les gens autour de moi, de leur indiquer qu'ils peuvent reprendre leurs occupations habituelles, qu'ils ne sont pas obligés de faire ça pour nous. Ce n'est pas l'amour, ni l'alliance avec Peter, qui génèrent en moi ces tensions, je sais que c'est là le plus beau des horizons de vie. C'est la perspective qu'il faille créer cet instant-là, l'orchestrer, l'organiser, le planifier, et forcer des personnes à venir. Est-ce que dans ces conditions les émotions des convives peuvent surgir ? Et est-ce que les miennes ne vont pas m'empêcher de traverser cette journée sereinement ? Pourquoi, à chaque moment de vie important, dois-je ressentir autant de méandres et de confusions ?

— Bon, qu'est-ce que t'as à faire la tête ?

Alice me regarde avec incrédulité. Hier, elle a atterri à Athènes, transportant dans sa valise un des enjeux majeurs de ces quelques heures, à savoir, ma robe de mariée. Après des essayages infructueux lors de mon passage à Paris, Cécile et ma mère avaient eu l'idée de la faire couper sur mesure à Florence, chez un tailleur du quartier du Settignano, réputé, selon Alice, pour la virtuosité de ses créations. Fabriquer une robe en l'absence de la mariée était certes une entreprise peu commode, mais à force de discussions, il avait accepté de confectionner un habit qui serait à la hauteur de notre union. Le résultat était digne de sa réputation et l'enfiler matérialisait soudain tout ce qui allait se passer. Le vêtement donnait un cadre solennel à nos promesses, et la blancheur de l'étoffe soulignait étrangement la nécessité d'écrire une nouvelle page de l'histoire, une page vierge du passé.

— Je ne fais pas la tête ! Je suis gênée !

— Mais t'es gênée de quoi ? Je ne comprends pas, Pénélope !

Son chignon oscille légèrement sur la droite, ses joues témoignent de la chaleur de la pièce, et de l'énervement qui la saisit. Ses grands yeux verts tentent de communiquer avec les miens, d'aller au plus profond pour arracher mon mal-être à la racine.

— Je suis gênée de vous faire organiser tout ça, je suis gênée de faire venir ton mari et tes enfants jusqu'ici, gênée d'imposer ça aux autres invités, alors qu'ils auraient peut-être préféré être en vacances ailleurs, je suis gênée que tout le monde s'occupe de moi, gênée de célébrer mon amour alors que…

— OK, je vois. Tu nous fais un syndrome de la mariée.

— Qu'est-ce que c'est ?

— Je ne sais pas, je viens de l'inventer, ça doit bien exister quelque part dans la panoplie du mariage. Tu as peur, donc tu trouves mille raisons pour ne pas profiter de cette journée, et tu mets tes angoisses sur une pseudo-crainte de « déranger ». Tu crois qu'on serait là si tu nous dérangeais ? Tu as vu le bonheur de Cécile qui peut enfin utiliser un talkie-walkie pour tout superviser ? Tu as perçu l'enthousiasme de tes parents ? La concentration de Théana pour le discours ? La joie d'Ambrosio, de Manon, de Sophie, qui sont si contents de se retrouver ? L'excitation de Rachel et de Katie ? Tu trouves sincèrement qu'ils ont l'air malheureux et contraints ? Tu veux que je continue ? Ça t'embêtait, toi, d'organiser des voyages pour faire en sorte que les autres soient bien ? Ça va te déranger à São Paulo d'accueillir des gens qui ont besoin qu'on prenne soin de leur esprit ? Non ? Bon alors ? Qu'est-ce que tu racontes ? C'est quoi ces gémissements, Péné ? Dans cette pièce, la seule personne qui a un problème, c'est toi. Comme d'habitude, tu paniques parce que ce n'est pas souvent dans la vie qu'on dit « oui » à quelqu'un. On s'engage à chaque pas, certes, mais parfois, ça a un peu plus de conséquences, et c'est le cas aujourd'hui. Et au fond tant mieux, car le trac est le goût des grands soirs. D'ailleurs, même si maintenant c'est toi la philosophe, je vais quand même te raconter un truc. Attends juste une seconde, je prends un verre d'eau, il fait tellement chaud !

Les cheveux d'Alice battent la mesure de ses mots. Ma robe n'est pas encore nouée, mes pieds sont nus, et les palmes du ventilateur accroché au plafond soufflent sur notre désordre. Elle boit à grandes gorgées, la main en avant et le doigt tendu m'indiquant que ce n'est pas à mon tour de prendre la parole.

— Évidemment, tu connais le *sapere aude* de Kant ?

— Tu veux dire son « ose savoir ! » ? Oui, bien sûr, Kant l'emprunte à Horace, et le transforme en un « ose penser par toi-même ».

— Oui bon, voilà. Eh bien, tu sais peut-être d'où ça vient, mais je crois qu'il te manque quelque chose. L'audace de savoir, c'est le courage d'examiner la vérité par soi-même, sans se fier aux idées reçues, ni au jugement d'autrui… Dans le quotidien, nous reproduisons indéfiniment les mêmes comportements sans les remettre en cause, or ne pas « oser savoir », c'est, pour Kant, déroger à ses responsabilités, c'est abandonner aux autres son pouvoir de décision, comme sa faculté de juger. Donc l'audace, pour lui, ce n'est pas sauter dans le vide ou aller vers son gouffre, au contraire, ça implique de prendre le temps de décortiquer précisément la réalité, et d'avoir ensuite le courage de la modifier si l'on estime être en mesure de l'améliorer.

— Oui...

— Tu te demandes où je veux en venir ? Eh bien voilà : l'audace, tu l'as eue ! On le sait tous ici, et toi aussi. Tu as analysé, changé, transformé, tu as pris ta vie en main, et tu l'as malaxée comme de la terre glaise, jusqu'à arriver ici enceinte et en robe blanche, avec un futur mari génial et une nouvelle existence à São Paulo. Le doute, le courage et la lutte sont tes forces. Maintenant, il te faut autre chose, car il faut oser savoir, mais il faut aussi oser vivre et oser aller bien ! Alors accepte que ce soit la fête. Accepte l'amour, la joie, les rires. Accepte de recevoir. Accepte le processus qui t'a conduite jusque-là. Accepte qu'on prenne soin de toi. Accepte d'avancer sans oublier. Accepte la douceur. Accepte de te trouver jolie dans cette robe. Accepte le plaisir. Accepte, un instant au moins, la futilité. Ça aussi, c'est une philosophie, Péné, c'est un cadeau à faire à ta personne, et à celle que tu portes, pas seulement le jour de ton mariage. Accepter, ce n'est renoncer ni à tes convictions, ni à tes souvenirs, c'est juste apprendre à dire oui. Et surtout, à être heureuse de dire oui à cette réalité qui s'ouvre devant toi.

Alice me prend dans ses bras et me serre d'aussi près que le permet l'espace pris par mon ventre. Le bruit du ventilateur épouse nos palpitations, qui ont plus de justesse que n'importe quelle réponse. L'anxiété est organique, elle se loge au milieu des entrailles, et quand on parvient à la soulager, on se rend compte de la place qu'elle prenait. J'avais besoin de ces paroles, je n'avais pas besoin de me les formuler, mais bien de les entendre. Et peut-être que les grandes occasions ont cette vertu-là : permettre de dire des choses qu'en d'autres lieux on ne prononcerait pas. Les secondes s'écoulent dans une étreinte s'imprégnant pour l'éternité de la tendresse qui nous lie.

— Avoue que tu ne pensais pas que je pouvais citer Kant comme ça, hein ? Bon, la vérité, c'est que je prépare une exposition sur les Lumières et l'Italie, donc je révise un peu ! Il faudra que je te montre, tu vas adorer, mais là, on doit vraiment finir de te préparer. Peter doit déjà flipper que tu dises non ou que tu fugues, alors si en plus t'es en retard !

Alice éclate de rire et reprend son ton habituel, solaire et enjoué. Elle sait que je l'ai entendue, et que son discours n'a pas besoin de s'étirer plus longuement.

— Viens là, je vais finir de nouer ta robe et ensuite, on passera au maquillage, et à ta couronne. Tu as déjà entendu l'histoire de Maria Laura ?

— Est-ce que je suis censée la connaître ?

— Disons qu'elle est un peu moins connue que Kant ! Mais elle mériterait plus de célébrité ! T'es prête ? Il était une fois, au couvent de Santa Rita de Cascia, près de Spoleto, en Ombrie, une femme nommée Maria Laura. Elle vivait recluse depuis bien des années, confinée dans le silence du monastère. Mais sous son voile d'augustine, cette ancienne couturière décida un jour que la prière pouvait encore mieux s'incarner dans des fils, dans ce désir irrépressible de froisser des tissus, de tirer des aiguilles, de fabriquer des tenues. Elle prit donc la décision de mettre ses doigts de fée au service des fiancées démunies, et de leur confectionner de sublimes robes pour leurs noces. C'était sa manière à elle de faire des miracles : faire en sorte que toutes les femmes puissent se trouver belles par la transcendance de l'habit, même quand elles n'en avaient pas les moyens. Moi je la comprends cette Maria Laura… Et je suis certaine que notre tailleur de Settignano en est le digne héritier ! Tu sais, s'il y a bien une chose en laquelle je crois, c'est que la beauté nous réconcilie avec le monde en lui rendant un peu de grâce. La futilité aussi peut être métaphysique. Et tiens, tu vois, on a réussi à l'attacher, ta robe ! Regarde-toi...

Elle me tient par les épaules et me dirige avec délicatesse vers le miroir. Pour la première fois depuis longtemps, je prends le temps de me regarder. Pas pour vérifier quelque chose, ni pour valider une tenue avant de sortir, mais plutôt pour m'imprégner de la poésie contenue dans l'histoire de Maria Laura. Je contemple la rondeur de mes épaules, soulignée par les bretelles en soie du vêtement, mon ventre couvert par le drapé. Accepter. La liste dressée par Alice raisonne dans mon esprit. Est-ce que tout ce vers quoi nous nous dirigeons dans la vie ne réside pas dans ce verbe ?

J'observe mon corps qui a tant changé ces derniers mois. C'est lui qui, depuis le début, me guide vers l'acceptation, bien plus que mon esprit qui, lui, fait acte de résistance. Ma peau s'est étirée, mes organes se sont déplacés, le volume de mon sang a augmenté, et soudain, dans la splendeur de cette matière italienne, ma robe devient un écrin. Je réalise ce que mon corps a été capable de faire, ce à quoi il a donné naissance, avant même cette grossesse. Tous les voyages qu'il m'a permis d'effectuer, toutes les larmes qui l'ont secoué, toutes les heures sans sommeil, et les aubes de perplexité. Et pourtant, il est là. Je suis là. Face à la glace, mes cellules transpirent de vie, elles acceptent le vide et le plein. Mes jambes me tiennent debout, et je m'appuie sur elles pour continuer. Je me souris, sans effort ni résignation aigre. Je me souris pour me rappeler que « c'est comme ça », et que cette affirmation n'a rien de triste. Ce « c'est comme ça » mobilise ma joie, une joie lucide, sans condition, sans regret, sans doute, sans nostalgie. Une joie capable de transformer mon consentement en puissance d'action, de mémoire, et de construction.

— Petite chérie, petite chérie, ta cousine me demande si tu es prête !

Tonia surgit avec un somptueux foulard bleu noué sur la tête. Elle est éclatante. Pourtant, ces dernières semaines ont été pour elle l'objet d'une vive agitation, comme si Notus, le vent du sud, avait balayé les cartes pour mieux les redistribuer.

— Elle rêvasse, ta petite chérie, Tonia !

Au mois de juin, Théana a obtenu une bourse de recherche en Allemagne, à l'université Humboldt de Berlin, et a décidé de partir là-bas en septembre, le temps au moins de se lancer dans ce qu'elle a toujours souhaité : l'étude, la véritable étude exigeante et précise, la pensée dans ce qu'elle a de plus aiguisé. Alexandre a eu du mal à envisager de devoir apprivoiser un nouveau lieu de vie, mais il sait que ce départ et le cursus de Théana sont l'opportunité pour lui de repenser son quotidien. Après de longs échanges avec nous deux, il a convenu qu'il allait poursuivre nos voyages culturels, avec Sophie, Rachel et Katie, en développant de nouvelles perspectives, en explorant d'autres territoires, et surtout, en proposant d'autres lieux, afin de montrer que la philosophie n'est pas seulement occidentale et urbaine, mais qu'elle est partout où se déploie le questionnement. L'étude et l'exploration, dans ce mouvement de balancier, Théana et Alexandre tiennent les deux morceaux d'un même socle, l'un, la connaissance du passé, et l'autre, l'engagement vers l'avenir, chacun cherchant à donner des clés différentes mais complémentaires, pour rallumer nos consciences.

— Encore un peu de maquillage et elle sera prête !

Alice poursuit son ouvrage, sous l'œil attendri de Tonia. En réalité, ce qui l'a tant occupée, ce n'est pas le déménagement de sa fille et d'Alexandre, ni même nos noces dans son restaurant. Ce qui l'obsède, et lui donne cet air étincelant, c'est une rencontre, une de celles qu'on espère, qu'on fantasme, qu'on provoque, qu'on rêve, et qui, parfois, surviennent enfin.

La semaine dernière, alors que nous venions d'arriver, Tonia nous a tous réunis pour annoncer, autour d'une tarte aux oranges, qu'elle était amoureuse. Elle l'a dit en balbutiant, n'y croyait pas tout à fait, osant à peine dévoiler le prénom de celui qui secouait son âme. L'émotion hachurait ses phrases. Nous avons simplement réussi à saisir que son nouvel amour était milanais, et que, pour célébrer sa retraite, il faisait un tour de Grèce, seul, à la découverte des vestiges de l'Antiquité. Ils s'étaient rencontrés, comme on se rencontre dans les films, en se bousculant dans la rue à cause d'un chariot trop chargé. Tonia l'avait invité à boire un café au restaurant pour se faire pardonner de lui avoir cogné la cheville, et voilà qu'Alvaro, à défaut de ruines, avait découvert un autre trésor.

— Cette fois, il n'y a plus qu'à poser la couronne de fleurs et c'est bon !

— Tonia, ma Tonia, tu es si belle, tes yeux frétillent, on devrait se marier en même temps ! Est-ce qu'Alvaro est là ?

— C'est toi qui es magnifique ! Bien sûr qu'il est là, petite chérie, il m'a beaucoup aidée, tu sais...

— Tu as l'air tellement heureuse !

— Tu sais, j'étais déjà heureuse, petite chérie, mais j'ai ouvert la porte du bonheur encore plus grand. Jamais je n'aurais pu prévoir ça. Et pourtant voilà, l'amour est là. On ne comprend pas ce qui se passe, on sort un matin, et des choses arrivent ! C'est comme ça que tu es arrivée chez moi et c'est comme ça que j'ai rencontré Alvaro. On ne connaît rien de la suite, il faut continuer pour savoir ce que va devenir une rencontre ! Mais ce qu'on sait, c'est que ça change tout, ça bouleverse tout. Regarde, nous sommes tous ici pour te marier ! Toi, ma Parisienne au cœur brisé ! Qui aurait pu écrire cette histoire ? Personne ! Allez, petite chérie, Rachel et Katie ont terminé de décorer le restaurant, et la terrasse aussi. Ton ami Ambrosio a accueilli les invités, tes parents sont placés et Théana est déjà prête à parler. Alexandre viendra frapper quand tu pourras descendre, d'accord ?

Le déroulement de la journée s'était assez vite imposé. Plus que des traditions à respecter ou des mondanités à honorer, nous voulions réunir des êtres aimés, et faire de cette journée un souvenir dans lequel nous réfugier. Jusqu'au bout, je n'avais pas eu beaucoup d'avis sur la décoration ou sur les plats, Peter était bien plus doué que moi pour tout cela, mais j'avais formulé deux désirs, ou plutôt deux conditions. Je voulais que le repas ait lieu chez Tonia, là où j'avais commencé, après ma rupture, à rassembler tous les morceaux de moi. Là où tout était devenu possible. Peter avait bien entendu accepté, il avait simplement fallu négocier pour ajouter des tables dans la rue et convaincre le voisin d'en face de nous louer sa terrasse et son jardin pour la cérémonie laïque. Mon autre exigence portait sur la personne qui allait recueillir nos vœux. Il fallait la solidité d'une déesse grecque pour sceller une promesse d'éternité, et nulle autre que Théana ne pouvait l'assumer avec la rigueur escomptée. Nous avions donc décidé qu'elle ferait un discours avant l'échange de nos serments, et que nos témoins la suivraient.

— Est-ce par ici que se cache la mariée ?

— Ah bah, te voilà, justement, la mariée est prête ! Je peux te la confier jusqu'à ce qu'elle descende ? Je dois aller me changer rapidement mais je ne veux pas la laisser toute seule, on ne sait jamais ce qu'elle peut nous faire !

— On dirait vraiment que je suis un fauve à surveiller !

— C'est à peu près ça ! À tout de suite !

Alice sort à son tour, après mes parents, après Cécile, après Tonia. Il n'y a plus d'agitation, plus de préparation, rien d'autre que ce présent qui déjà porte la marque du temps, d'un temps qui sera dans les mémoires, dans les photos, dans les souvenirs qu'on s'échange les soirs d'été. Nous voilà tous les deux avec Alexandre, chacun assis sur un tabouret. Sa chemise blanche fait ressortir le contour de ses boucles, sa présence envahit la pièce. Comme souvent, il attend, avant de prononcer le moindre mot, laissant l'interlocuteur au bord de lui-même, seul face au vacarme de ses pensées.

Le mois dernier, en marchant avec lui dans New York et en l'entendant expliquer ce que signifiait l'action pour Hannah Arendt, j'avais pu retrouver sa fougue, celle du début, lorsqu'il donnait des ateliers dans un bar, et qu'il voulait que la philosophie soit une activité concrète. Car au fond, ces cinq dernières années, je l'avais souvent vu en retrait. Alexandre était toujours l'homme de l'ombre, qui soutenait, qui portait, qui exécutait, qui rassurait. Mais durant ce séjour à New York, il s'était montré tout autre. En plein milieu de Central Park, il avait donné une véritable conférence aux participants, qui, assis sur l'herbe, avaient été médusés par son charisme. Il leur avait appris que, pour Hannah Arendt, être libre et agir ne faisait qu'un. Et que ceux qui agissaient ensemble sortaient de l'obscurité, et révélaient à la fois qui ils étaient, mais aussi à quel peuple leur action commune donnait naissance. L'action, avait-il clamé en reprenant les termes de la philosophe, créait une communauté, et elle était politique, car la politique n'était rien d'autre qu'une affaire d'action. Bien entendu, les vacanciers étaient galvanisés par sa diatribe, qui dépassait largement le contexte d'une visite touristique. Ils étaient portés par une nouvelle urgence, celle d'agir en tant qu'homme mais aussi en tant que citoyen.

Après le départ du groupe, nous avions parlé pendant des heures, comme au début de notre rencontre. Il m'avait aidé à penser le projet de São Paulo, à définir ce que je voulais faire de cet endroit, à rédiger mes demandes à Flavia. Je sentais que j'avais véritablement renoué avec lui, parce que même si nous ne nous étions jamais quittés, le quotidien et le travail avaient aspiré notre amitié, l'avaient fait courber sous le poids du devoir. Et peut-être aussi demeurait-il entre nous une gêne étrange, le trouble de deux amants qui finalement ne l'avaient jamais été, et qui devaient trouver d'autres ressorts que l'ambiguïté pour maintenir la puissance de leurs liens. Or ce passage à New York, qui aurait pu être un adieu déguisé, avait permis à notre relation de jouir d'une énergie jusqu'à présent inexplorée. Nous avions ravivé nos couleurs qui commençaient à s'estomper.

— Dis, tu es venu dans cette pièce uniquement pour m'avoir sous les yeux ? Ou tu envisages éventuellement de me parler ?

— J'ai quelque chose à te donner. Ferme les yeux, ouvre une main.

Je m'exécute, incapable d'imaginer ce qu'il va déposer sur mes doigts.

— Voilà. Maintenant, tu peux ouvrir.

— Qu'est-ce que c'est ? Un pendentif ? Comme celui de ta nounou ?

— Pas tout à fait, mais c'est bien un pendentif, oui. C'est une drachme, une pièce de monnaie qu'on utilisait dans la Grèce antique. Celle-ci, *a priori,* date de 320 avant Jésus-Christ. J'ai réussi à l'acquérir chez un collectionneur allemand et je l'ai fait monter sur une chaîne. Avant d'arriver jusqu'à ton cou, elle a circulé de main en main, elle a été enfouie dans la terre, elle a traversé quelques mers, elle a connu des paumes rêches et d'autres douces, elle a sans doute été perdue, cachée, puis retrouvée, nettoyée, conservée, troquée. Elle a changé d'époques, de langues, de pays. Elle a perdu de sa valeur et elle en a retrouvé. Mais la voici. Là, à ton cou. Tu te rends compte de tout ce qu'il a fallu pour qu'il en soit ainsi ? Pour que cette drachme arrive ici ? C'est un miracle, et je veux que chaque fois que tu la touches, tu te souviennes des miracles qui composent notre existence. Dans quelques heures, cette journée sera terminée, et tu t'envoleras pour intégrer ta nouvelle maison. Peter mettra sa touche finale au chantier, tu inaugureras ta cabane dans les bois, et tu donneras naissance à votre fille. Tu vogueras comme cette drachme, à travers les mers et les terres, mais souviens-toi, qu'on ne connaît jamais les itinéraires avant de les avoir empruntés… Qui sait quel chemin cette drachme empruntera ?

À peine a-t-il attaché le fermoir sur ma nuque, que Cécile bondit dans la pièce :

— Mais bordel, qu'est-ce que vous foutez ? Tout le monde vous attend !

*

« Ce n'est pas une tâche aisée que d'unir deux personnes, ni d'être ici devant vous, Pénélope et Peter. L'amour n'est pas un objet qu'on commente, qu'on consomme, ou qu'on flatte. L'amour n'est pas une unité ronde et stable, une étoile brillante qu'on ne se lasse pas de contempler. Il est fait d'émerveillements et de vents contraires, de désirs, de chaos, de lumière et d'aridité. Il est élégance insouciante et tensions insolubles. Il est dédain et ivresse. Il est le soin et les caresses. Il s'habille de fougue et de rage, de lassitude et de magie.

« Il est un je t'aime qui se tourne pleinement vers l'autre. Un espace d'apprentissage. L'aveu que nous ne sommes pas seuls, que nous ne sommes pas suffisants à nous-mêmes, mais que l'autre, les autres provoquent sur nous des réactions, qui nous touchent, qui nous bouleversent, qui nous brisent le cœur parfois, mais qui toujours nous élèvent.

« Oui, Pénélope et Peter, aimer demande du courage. Un courage qui nous relie tous ici, famille, amis, présents, absents, et même les arbres et le vent. L'amour se décline, se chérit, se montre et se crie. Il est un pardon, il est un oubli. Il aiguise notre regard, il concentre notre puissance sur la seule chose qui dure, et sans doute, la seule chose qui compte, l'amour suprême, lui, toujours lui. Si nous sommes réunis aujourd'hui, c'est pour nous souvenir et pour donner vie.

« Alors, en effet, ce n'est pas une tâche aisée que d'unir deux personnes, ni d'être ici devant vous, Pénélope et Peter. Il y a aura des commencements et des fins. Il y aura des catastrophes et des espérances. Et rien ne les empêchera, mais ce que nous pouvons vous promettre, c'est que nous serons là, tous là, pour vous rappeler ce moment-là. Pour vous rappeler qu'un jour vous vous êtes aimés de cette façon-là. Vous pouvez désormais échanger vos serments et faire de vos promesses un destin qui se choisit. »

*

24 juillet – Athènes

Le ciel d'Athènes nous surplombe. La profondeur de sa nuit se perd dans des nuances émeraude. Les couleurs se laissent interpréter par ceux qui sont encore debout pour les voir.

Le souffle de Peter caresse mes cheveux, et partout aux alentours dorment ceux qui abritent notre amour.

Qui suis-je ? Je suis épouse et mère. Je suis fille et veuve. Je suis une drachme autour de mon cou. Je suis la jungle et ses secrets. Je suis des siècles d'histoires. Je suis poussière et oubli. Je suis changement et mémoire.

Je suis celle que je décide de raconter.

Déjà, le jour me nargue et la lune referme sur elle mon histoire.

Épilogue

Gizeh, mois de janvier, cinq ans après

« Patience, ô mon âme, car la fortune se plaît aux changements imprévus. »

Les Milles et Une Nuits

— Maman, pourquoi on a dû partir si tôt ?

— Attends encore un peu ma chérie, tu vas voir ! Je te promets que ça vaut la peine.

— Les filles, attendez-nous !

— Maman, pourquoi elles sont si lentes ?

— Parce qu'elles font des photos toutes les secondes ! Mais il faudrait accélérer un peu, je ne veux pas qu'on loupe le lever du soleil…

6 h 22. La lumière de l'aube teinte le sable d'une lueur dorée. La main de ma fille se glisse dans la mienne et l'étreinte de nos paumes réchauffe nos doigts gelés. Derrière nous, Ana, Janaína et Tonia avancent en silence, leurs voix engourdies par le manque de sommeil. Un peu plus loin encore, ma mère, Théana,

Flavia et Cécile s'arrêtent pour commenter chaque détail et capturer, selon elles, ce que nos mémoires risquent d'oublier.

Malgré son souhait d'être à nos côtés et de découvrir l'Égypte, Peter n'a pas pu venir, il n'a pas réussi à s'éclipser de son chantier, une sorte d'immense ferme agroécologique, construite à la frontière du Paraguay. L'idée que notre maison dans la forêt de São Paulo ait pu lui donner cet élan-là continue à me bouleverser, même des années plus tard. Avoir poursuivi cette construction, commencée par Victor, lui a permis d'assumer son envie de bâtir autrement, sans abîmer, sans entraver, sans endommager. Comme si avoir été le relais d'un autre lui avait ouvert un champ nouveau, et avait été un prétexte suffisant pour affronter son propre désir. Après avoir tant étudié l'architecture du XXe siècle, il édifiait, avec conscience, amour et attention, celle du siècle suivant.

Mais si ce voyage était devenu exclusivement féminin, c'est qu'Alexandre non plus n'avait pas pu nous rejoindre. Sa séparation avec Théana était encore récente, et même si leurs rapports étaient nourris de respect et d'intelligence, ils préféraient s'en tenir à une juste distance le temps que s'estompent l'aigreur des non-dits et la rumeur des regrets. Il avait donc préféré rester au Brésil, où il vivait désormais lui aussi, et finir son livre, ou plutôt, notre livre, un guide de voyage philosophique, écrit à quatre mains, mêlant des idées d'itinéraires, des textes, et des témoignages. Nous voulions que ces quelques pages rendent hommage à nos dix ans d'odyssée, et encourager ceux qui ressentent l'appel du large à franchir le cap du départ. C'est Flavia qui nous en avait donné l'idée, un soir, alors que nous dînions avec des visiteurs venus en résidence. En faisant un tour de table, nous nous étions rendu compte que notre point commun à tous était d'avoir, un jour, voulu changer de trajectoire et faire de l'identité non pas une matière figée, mais une matière que l'on sculpte, que l'on interroge, que l'on ajuste et, dès lors, que l'on choisit. Certains avaient traversé des deuils, ou connu l'appel du vide, d'autres avaient le cœur asséché et le souffle court, mais tous avaient décidé de partir, pour pouvoir, au contact de l'inconnu, de l'ailleurs, de l'imprévu, trouver une autre manière de raconter leur histoire. Notre livre voulait les accompagner dans cette aventure, à la fois si singulière et si universelle, qui nous impose de vivre avec nous-mêmes.

— Maman ! On y est ! On y est !
— Pénélope, c'est…
— Je ne pensais pas que c'était si beau !
— Tu crois qu'il y a combien de pierres ?

— J'ai envie de pleurer, je sens des frissons partout…

— Il y a un roi enterré dedans, c'est ça ?

— Il paraît que c'est faux et qu'en fait, ça a été pillé.

— Mais comment ont-ils pu réaliser quelque chose d'aussi…

— D'aussi grand !

— Dites, ça a pris combien de temps de construire un truc pareil ?

— Regardez, le soleil apparaît derrière le sommet !

Nous voilà parvenues au pied de la pyramide. Nous sommes toutes alignées, serrées les unes contre les autres pour nous réchauffer, et faire face à la grandeur du monde. Notre étonnement bavard laisse peu à peu place au silence.

Quatre mille cinq cents ans de passé s'éclairent devant nous, des centaines de milliers de blocs de pierre se chevauchent, menant notre regard jusqu'au ciel. La pyramide nous contemple, gigantesque, triomphante, immuable. Elle n'honore pas seulement l'union du Pharaon aux domaines des dieux, elle n'est pas qu'un énigmatique tombeau, ni même l'une des plus prodigieuses prouesses de l'esprit humain, elle est avant tout le symbole de tous les débuts et de toutes les fins. Elle montre ce que le soleil doit à l'obscurité, et ce qu'il faut de mort pour accueillir la naissance.

Je m'appelle Pénélope, j'ai quarante ans, et je veux faire de chaque nuit un nouveau jour.

Par ordre d'apparition

HENRY DAVID THOREAU – (1817-1862)
Walden ou la Vie dans les bois

RALPH WALDO EMERSON – (1803-1882)
Société et solitude

SIGMUND FREUD – (1856-1939)
L'Interprétation des rêves

EDMUND HUSSERL – (1859-1938)
Méditations cartésiennes

HENRI BERGSON – (1859-1941)
L'Évolution créatrice

SIMONE DE BEAUVOIR – (1908-1986)
Le Deuxième Sexe

FERDINAND DE SAUSSURE – (1857-1913)
Cours de linguistique générale

Claude Lévi-Strauss – (1908-2009)
Tristes tropiques

Hannah Arendt – (1906-1975)
Lettres à Gershom Scholem

Paul Ricœur – (1913-2005)
La Mémoire, l'histoire, l'oubli

Et en fil rouge…

Les Mille et Une Nuits,
traduction d'Antoine Galland.

Remerciements

Écrire sur l'amour, le chaos et les naissances ne serait pas possible sans ceux qui, à chaque aube, remplissent mon cœur et mon âme d'une lueur capable d'éclairer toutes les ombres.

Ma famille est un souffle qui me donne le courage et l'envie. Je mesure ma chance d'être née parmi vous, je vous aime d'un amour infini.

Ma maman, mon papa, mon frère, mon Pika, la seule chose que j'espère, c'est que vous serez les miens dans toutes les galaxies.

Ces pages appartiennent aussi aux femmes qui m'entourent et à leur puissance. À mes bâtisseuses, mes architectes, mes joueuses de billard, mes amazones, mes inspiratrices, mes artistes, mes championnes, mes fauves. Celles qui portent et consolent, celles qui avancent et conquièrent, celles qui comprennent et se taisent, celles qui remuent les vagues. Susanna, Lia, Claudia, Ella, Jessica, Julie, Nathalie, Virginie, Olga, Valérie, Léa, Angele, Charlotte, Caroline, Brigitte, Cécilia, Elsa.

À mes héroïnes, Sixtine et Alice, qui sont toutes deux des évidences, et pour qui mon amour va au-delà de ces pages. Cette naissance, je vous la dois aussi.

À ma famille de travail, qui est devenue mon clan pour la vie, et sans qui aucune cohérence ne serait possible : Myriam, Mendrika, Ioana, Amanda, Sophie. Vous êtes mes étoiles, je souhaite à chaque personne de croiser des individus aussi précieux que vous.

À mes équipes qui portent haut les couleurs de la transmission : Christelle, Prachi, Solène, Anna, Nitha, Rachel, Sabrina, Laurence, Corinne, Pauline, Sima, Packita.

À la bande qui donne naissance à ma voix et à ceux avec qui les heures ont le goût du paradis : Audrey, Laurent, Adrien, Mathis, Noé. Vous êtes un exemple de bonté.

À mes coutières qui, comme Maria Luisa, tissent mes phrases pour mieux les sublimer, Claire, Virginie, Colette, Capucine, Soazig, merci pour vos regards.

À mon gars sûr, face à qui j'ai tant écrit, à nos montées d'amour et de corti. Mon Sebou, mon Sebasky.

À ceux qui prennent soin de mon corps pour que je puisse bouger mon âme, qui alignent, qui engagent, qui exigent, qui soignent : Barbara, Ludi, Ilyas, et Flo.

À vous lecteurs, ceux du matin, ceux du soir, les fidèles et les passagers, les intimes et les anonymes. Il me faudrait plus d'une page pour raconter l'émotion qui me saisit quand je pense que, grâce à vous, mes mots ne sont pas dans la nuit.

À Alexandre, pour nos milles et une vies.

Table des matières

Retrouvez Marie Robert sur Instagram
@philosophyissexy

13634

Composition
NORD COMPO

Achevé d'imprimer à Barcelone
par CPI Black Print
le 26 septembre 2022.

Dépôt légal : septembre 2022
EAN 9782290374634
OTP L21EPLN003292-434450

ÉDITIONS J'AI LU
82, rue Saint-Lazare, 75009 Paris

Diffusion France et étranger : Flammarion